Jakob Michael Reinhold Lenz

Erzählungen

Zerbin
Der Waldbruder
Der Landprediger

Herausgegeben von
Friedrich Voit

Philipp Reclam jun. Stuttgart

Umschlagabbildung: Jakob Michael Reinhold Lenz, um 1777. Anonyme Bleistiftzeichnung.

RECLAMS UNIVERSAL-BIBLIOTHEK Nr. 8468

Bibliographisch ergänzte Ausgabe 2002
Gesamtherstellung: Reclam, Ditzingen. Printed in Germany 2009

ISBN 978-3-15-008468-7

www.reclam.de

Zerbin
oder die neuere Philosophie

O let those cities, that of plenty's cup
And her prosperities so largely taste,
With their superfluous riots hear these tears –

Shakespeare

Wie mannigfaltig sind die Arten des menschlichen Elends! Wie unerschöpflich ist diese Fundgrube für den Dichter, der mehr durch sein Gewissen, als durch Eitelkeit und Eigennutz sich gedrungen fühlt, den vertaubten Nerven des Mitleids für hundert Elende, die unsere Modephilosophie mit grausamen Lächeln von sich weist, in seinen Mitbürgern wieder aufzureizen! Wir leben in einem Jahrhundert, wo Menschenliebe und Empfindsamkeit nichts Seltenes mehr sind: woher kommt es denn, daß man so viel Unglückliche unter uns antrifft? Sind das immer Unwürdige, die uns unsere durch hellere Aussichten in die Moral bereicherten Verstandesfähigkeiten als solche darstellen? Ach! ich fürchte, wir werden uns oft nicht Zeit zur Untersuchung lassen, und, weil wir unsere Ungerechtigkeiten desto schöner bemänteln gelernt haben, aus allzugroßer Menschenfreundschaft desto unbiegsamere Menschenfeinde werden, die zuletzt an keinem Dinge außer sich mehr die geringste moralische Schönheit werden entdecken können, und folglich auch sich berechtigt glauben, an dem menschlichen Geschlecht nur die Gattung, nie die Individuen zu lieben.

Folgende Erzählung, die aus dem Nachlaß eines Magisters der Philosophie in Leipzig gezogen ist, wird, hoffe ich, auf der großen Karte menschlicher Schicksale verschiedene neue Wege entdecken, für welche zu warnen noch keinem unserer Reisebeschreiber eingefallen ist, ob schon unser Held nicht der erste Schiffbrüchige darauf gewesen.

Zerbin war ein junger Berliner, mit einer kühnen, glühenden Einbildungskraft, und einem Herzen, das alles aus sich zu machen verspricht, einem Herzen, das seinem Besitzer zum voraus zusagt, sich durch kein Schicksal, sei es auch von welcher Art es wolle, erniedrigen zu lassen. Er hielt es des Menschen für unwürdig, den Umständen nachzugeben, und diese edle Gesinnung (ich kenne bei einem Neuling im Leben keine edlere) war die Quelle aller seiner nachmaligen Unglücksfälle. Er war der einzige Sohn eines Kaufmanns, der seine unermeßlichen Reichtümer durch die unwürdigsten Mittel zusammengescharrt hatte, und dessen ganze Sorge im Alter dahin ging, seinen Sohn zu eben diesem Gewerbe abzurichten. Sein Handel bestand aus Geld, welches er auf mehr als jüdische Zinsen auslieh, wodurch er der Wurm des Verderbens so vieler Familien geworden war, deren Söhne sich, durch ihn gereizt, aufs Spiel gelegt hatten, oder zu andern unwiederbringlichen Unordnungen gebracht worden waren. Umsonst, daß er itzt seinen Sohn in alle den Kunstgriffen unterrichtete, womit er die Unglücklichen in sein Netz zu ziehen gewohnt gewesen, umsonst, daß er ihm vorstellte, wie leicht und bequem diese Art zu gewinnen sei, umsonst, daß er, wegen seines offenen Kopfs, und der an ihm sich zeigenden Talente, alle mögliche Liebkosungen affenmäßig an ihn verschwendete: Zerbins Gradheit des Herzens (soll ich es lieber Stolz nennen?) drang durch, und weil er sahe, daß die Grundsätze seines Vaters allen möglichen Gegenvorstellungen des Kindes entwachsen waren, und er doch am Ende der Obermacht der väterlichen Gewalt nicht würde widerstehen können, so wagte er einen herzhaften Sprung aus all diesen Zweideutigkeiten und, ganz sich auf sich selbst verlassend, entlief er seinem Vater, ohne außer seinem Taschengelde einen Heller mitzunehmen.

Sich selbst alles zu danken zu haben, war nun sein Plan, sein großer Gedanke, das Luftschloß aller seiner Wünsche. Und weil er von jeher außerordentliche Handlungen in den Zeitungen mit einem Enthusiasmus gelesen, der alle andere

Begierden in ihm zum Schweigen brachte, so war sein fester Gesichtspunkt, den ihm nichts auf der Welt verrücken konnte, nun, unter einem fremden Namen, sich bloß durch seine eignen Kräfte emporzubringen, sodann als ein gemachter Mann zu seinem Vater zurückzukehren, und ihn, zur Ersetzung des von ihm angerichteten Schadens, zu außerordentlichen Handlungen der Wohltätigkeit zu bewegen, oder wenigstens nach seinem Tode seine Erbschaft dazu zu verwenden, um auch von sich in den Zeitungen reden zu machen. Meine Leser sehen, daß wir unsern Helden im geringsten nicht verschönern. Die edelsten Gesinnungen unserer Seele zeigen sich oft mehr in der Art, unsere Entwürfe auszuführen, als in den Entwürfen selbst, die auch bei dem vorzüglichsten Menschen eigennützig sein müssen, wenn ich den Begriff dieses Worts so weit ausdehnen will, als er ausgedehnt werden kann. Vielleicht liegt die Ursache in der Natur der menschlichen Seele und ihrer Entschließungen, die, wenn sie entstehen, immer auf den Baum der Eigenliebe gepfropft werden, und erst durch die Zeit und Anwendung der Umstände ihre Uneigennützigkeit erhalten. Man lobpreise mir, was man wolle, von Tugend und Weisheit; Tugend ist nie Plan, sondern Ausführung schwieriger Plane gewesen, mögen sie auch von andern erfunden sein.

Er wandte sich in Leipzig zuerst an den Professor Gellert, den er, durch eine lebhafte Schilderung seiner dürftigen Umstände, und durch alle mögliche Zeichen eines guten Kopfs, leicht dahin bewegte, daß er ihn unentgeltlich in die Zahl seiner Zuhörer aufnahm, und ihm zugleich eine Menge Informationen in der Stadt verschaffte, mit denen er, so sparsam sie ihm auch bezahlt wurden, Kost und Wohnung bestreiten konnte. Gellerts Moral war, wie natürlich, sein Lieblingsstudium; er schrieb sie Wort für Wort nach, zeigte aber seine Hefte keinem Menschen, sondern, wenn er durch öftere Lesung recht vertraut mit ihnen worden war, verbrannte er sie, um sie desto besser im Gedächtnis zu behalten.

Er trieb nach und nach auch andere Wissenschaften, und es glückte ihm, durch seinen offenen Kopf, geheimen, ungezierten Fleiß, und beständigen Glauben an den guten Ausgang seiner Bemühungen, daß er von dem Professor Gellert zum Führer und Mentor eines reichen jungen Grafen aus Dänemark empfohlen werden konnte. Er disputierte auch über eine sehr wohl ausgearbeitete gelehrte Abhandlung von der Unmöglichkeit, die Quadratur des Zirkels zu finden, und erhielt dadurch die Erlaubnis, als Magister der Mathematik, ein Privatkollegium über die doppelte Baukunst, und ein anderes über die Algebra zu lesen, von der er ein großer Liebhaber war. Übrigens gewann er dem Grafen, durch seine ihm natürliche Anhänglichkeit an andere Leute, und Teilnehmen an ihre kleinsten Umstände, sein ganzes Vertrauen ab.

Wie schlüpfrig sind doch die Pfade durchs Leben! Wie nah sind wir oft, wenn wir den sichersten Gipfel unserer Wünsche erreicht zu haben meinen, unserm Untergange! O du, der du die Herzen der Menschen in Händen hast, und ihnen nach ihrem innern Wert auf die Schale legst: sollten die besten Menschen nicht oft im Fall sein, deine Waage anzuklagen? Aber du wägst in die Vergangenheit und in die Zukunft, wer darf rechten, wer kann bestehen vor *dir*? Glücklich das Herz, das, bei allen scheinbaren Ungerechtigkeiten seines Schicksals, noch immer die Hand segnen kann, die ihn schlägt!

Unser Held war bis hieher seinem großen Zweck immer näher gerückt, aber er hatte andere Wünsche, andere Begierden, die auch befriedigt sein wollten. Er hatte ein reizbares, für die Vorzüge der Schönheit äußerst empfindliches Herz. Mäßigkeit und Gesundheit des Körpers und Geistes hatten sein Gefühl fürs bessere Geschlecht noch in seiner ganzen Schnellkraft erhalten, und seine moralischen Grundsätze schienen Winde zu sein, dieses Feuer immer heftiger anzublasen. Er war oft ganz elend, so elend, daß er erschöpfte Wollustdiener, unter denen sein Graf auch war, und ihre Gleichgültigkeit, und den Geist freilassenden Kaltsinn beneidete; sah er aber das ungeheure Leere, das alle ihre Stunden, selbst ihre Vergnügen, belastete, sah er, wie jämmerlich sie sich winden und zerren mußten, um wieder einmal einen Tropfen Freude an ihren Herzen zu fühlen; so tröstete ihn das wieder über seine innerlichen Leiden, und machte sie ihm unendlich schätzbar.

Der Graf Altheim war, bei seiner Ankunft in Leipzig, an einen der reichsten Bankiers empfohlen worden, der aus einem gewissen Eigensinn sich nie verheiraten wollte, sondern, mit seiner einzigen jungen und sehr schönen Schwester, eine der glänzendsten Haushaltungen in ganz Leipzig führte. Die Bekanntschaft in dem Hause des Herrn Freundlach (so hieß der Bankier), vielleicht auch die öftern Vorstellungen Zerbins, hatten ihn von seinen vorigen Ausschweifungen mit Frauenzimmern von verdächtigem Rufe zurückgebracht; er war übrigens eine der wächsernen Seelen, die sich gar zu gern von andern lenken lassen, weil sie zu bequem, und am Ende zu unvermögend sind, ihren Verstand selber zu brauchen. Er wollte keinem Menschen Übels, außer wenn er gegen ihn durch andere war aufgebracht worden, alsdann aber war sein Zorn auch unversöhnlich, solange das Maschinenwerk des fremden Verstandes, der ihn in Bewegung setzte, fortwirkte. Er hatte Zerbinen auf zu viele Proben gesetzt, um ihm nicht uneingeschränkt zu trauen; solange der also das Regiment in seiner Seele führte, ging alles nach Wunsch, und er hatte so viel Achtung für ihn, daß er ihm allemal seine Pension von seinen Wechseln voraus bezahlte, aus Furcht, er möchte durch jugendliche Verschwendungen in die Notwendigkeit gesetzt werden, Zerbinens Finanzen in Verwirrung zu bringen.

Ganz anders ging es, als eine weibliche Gewalt sich des Zepters in diesem Herzen bemächtigte. Freundlach hatte eine Schwester; die Grazien schienen bei ihrer Geburt in Beratschlagungen gesessen zu sein. Alles war auf ihrem Gesicht, auf ihrem Körper vereinigt, was bezaubern konnte, große schwarze Augen, die mehr sagten, als sie fühlte, Mienen, welche ebensoviel Netze für die Freiheit der Herzen waren.

Zu unserer Ritter Unglück fing das unfreundliche zweiundzwanzigste Jahr leis an ihre Tür zu klopfen an, zu dem sich die grauenvolle Idee einer alten Jungfer in scheußlicher Riesengestalt gesellte, und den ersten ruhigen Augenblick abzuwarten schien, um sie mit all ihren Schrecknissen zu überfallen. Sie hatte bis in ihr zwanzigstes Jahr kokettiert, das heißt, mit der sorgenfreiesten Seele von der Welt, nur an den Kützel gedacht, täglich einige zwanzig wohlfrisierte Anbeter mit den untertänigsten Reverenzen unten an ihrem Fenster vorbeikriechen zu sehen, jeder in Gedanken der Glückliche, jeder der Betrogene. Diese Arten von Wallfahrten waren das einzige Mittel, das ihre Reize, ihren guten Humor, ihre ganze Wohlhäbigkeit erhalten konnte, so daß jeder regnige Herbst- oder Wintertag ein wahrer Leidenstag für sie war. Sodann sanken all ihre schönen Gesichtszüge; sie kroch in einen Winkel; schlug einen Roman auf, der ihr nicht schmeckte, und in den sie kaum zwei Zeilen gelesen hatte, wo nicht gleich ihre Gedanken sich an andere Gegenstände hefteten, und so ineinander verwirrten, daß ihr das Buch aus der Hand fiel, und sie wie aus einem tiefen Traum erwachte. So schlich ihr Leben, vom vierzehnten, bis zum zwanzigsten Jahr, in einem ewigen Dakapo unbedeutender Eroberungen hin, die, wie die Seifenblasen womit Kinder spielen, oft aneinander zerplatzten. Sehr oft hatte ihr ihre kleine scheckige Phantasie ihre Liebhaber und deren Handlungen auch in einem falschen Licht vorgespiegelt, so daß sie bisweilen ganz irre an ihnen ward, und ihre ungereimtesten, zufälligsten Handlungen in einen Roman zu bringen sich zermarterte, über den sie sich oft zu ihrem größten Verdruß sehr spät die Augen mußte öffnen lassen.

Wie gesagt, dieser Zustand konnte nicht immer fortwähren; sie mußte auf eine Versorgung denken. Schönen, die Männer haben wollen, sind wie eine Flamme im Walde, die desto heftiger um sich frißt, je mehr Widerstand sie antrifft. Nichts, nichts wird verschont, alle mögliche Kunstgriffe werden angewandt, was sich ihnen in Weg stellt, muß brennen.

Unser unerfahrne Zerbin war das erste Schlachtopfer dieses weiblichen Alexandergeistes. Nicht daß ihre Bemühungen auf ihn selbst abgerichtet waren, sondern er sollte das Instrument in ihrer Hand sein, auf ein andres Herz Jagd zu machen.

Hohendorf, ein sächsischer Offizier, der in Leipzig bei unserm Zerbin die Kriegsbaukunst erlernte, hatte gleichfalls ein Empfehlungsschreiben, und durch dasselbe einen freien Zutritt bei Freundlach. Er war ein junger wohlgewachsener Mensch; Mademoiselle Freundlach hatte ihn durch hundert kleine Streiche, die bei ihr freilich unbedeutend waren, an sich gezogen; ihr gefielen seine leidenschaftlichen Stellungen, seine oft bis zum Erhabnen beredte, oft bis zum Kindischen läppische Sprache, seine Aufmerksamkeiten, seine Serenaden, seine Ausgaben ohne Überlegung, die sich alle aus Fehlschlüssen herschrieben, und mit Fehlschlüssen endigten. Das einzige wunderte sie, konnte sie mit ihrem gesamten Verstande nicht klein kriegen, daß er ihr nie etwas vom Heiraten vorsagte, da er doch sonst hundert Albernheiten zu ihren Füßen beging. Die wahre Ursache davon aber war, daß er schon eine Frau hatte, zwar nur von der linken Seite, der er aber ein besiegeltes Versprechen, sie gleich nach seines Vaters Tode zu heiraten, in den Händen ihres königlichen Notars hinterlassen hatte, und die mit ihren zwei Kindern gewiß nicht ermangelt haben würde, sobald sie von einer neuen Verbindung gehört hätte, der Braut ihren untertänigen Glückwunsch abzustatten. Ob Mademoiselle Freundlach was davon gemerkt, weiß ich nicht, genug, sie fing an, seit einiger Zeit in alle Beteuerungen und Feierlichkeiten Hohendorfs Mißtrauen zu setzen.

Altheim war ganz ein anderer Mensch; gerade zu, ohne Arges, nicht so hinterm Berge haltend, nicht so unerklärbar, als Hohendorf. Das war ein Mann für Renatchen (so hieß Mademoiselle Freundlach), der ihr wenigstens ihr kleines Köpfchen nicht zerbrach. Es kam nur darauf an, ihn in dem Grad verliebt zu machen, als Hohendorf war; das fand aber anfangs ein wenig Schwierigkeit. Er hatte zu viel Wasser in seinem Blut, zu dickhäutige Nerven; das Feuer ihrer Augen konnte den Thermometer so geschwind nicht steigen machen. Das erste, das ihr bei dieser Verlegenheit in den Wurf kam, war Zerbin; die Kälte des Grafen schien ihr nicht die Frucht einer ohnmächtigen Natur, sondern einer durch lange Verschanzungen bebollwerkten Überlegung. Sie machte also einen Plan, diese Festung zu unterminieren, den unser scharfsinnige Kriegsbaumeister einzusehen zu unwissend war, ein Triumph, der ihrer aufgebrachten Einbildung mehr schmeichelte, als Alexandern die Eroberung von Babylon; und ihr erster Angriff war auf Zerbinen gerichtet, den sie für den Kommendanten dieses Platzes hielt.

Zerbin! Dieser unerfahrne, ungewahrsame, mit allen Ränken weiblicher List so gänzlich unbekannte Hauptmann: wie hätte der einem Angriff von der Art lange widerstehen können? Es hatte sich noch nie ein Frauenzimmer die Mühe genommen, seine Unschuld zu erschüttern, da er nicht reich, und noch weniger angenehm war, obgleich seine äußere Gestalt ziemlich gut ins Auge fiel. Er wußte keine einzige, ich sage keine einzige von den Millionen artiger Kleinigkeiten, mit denen Frauenzimmer von gutem Ton heutzutage unterhalten werden; er stand wie Saul unter den Propheten, sobald er in eine Gesellschaft von Damen trat. Er sah lauter überirdische Wesen außer seiner Sphäre an ihnen, für die er, weil er kein einziges ihrer Worte und Handlungen begriff, noch einsah, eine so tiefe innerliche Ehrfurcht fühlte, daß er bei jeder Antwort, die er ihnen geben mußte, lieber auf sein Angesicht gefallen wäre, und angebetet hätte. Mit einem solchen Gegner war freilich der Sieg nicht halsbrechend; den ersten Abend, als er nach Hause kam, aß er keinen Bissen; die Nacht brachte er schlaflos auf stechenden Federn zu; den Morgen verunglückten alle seine algebraischen Rechnungen, und er sah sich genötigt, eine Kur vorzuschützen, und seine Zuhörer einen Monat lang zu entfernen, um sich vor ihnen nicht lächerlich zu machen. Hohendorf blieb demungeachtet sein vertrautester Freund, und er war so übermäßig treuherzig gegen ihn, ihm im geringsten nicht den Vorzug merken zu lassen, den er in Renatchens Herzen zu haben schien, sondern alles das mit seiner Schüchternheit so wohl zu bemänteln, daß er ihm sein ganzes Vertrauen abgewann. Indessen betrog ihn diese Schüchternheit wohl zuweilen selber und es fing sich ein Gespenst in seinem Herzen an zu regen, das er vorher kaum dem Namen nach kannte, die unbändigste Eifersucht, die jemals an der Leber eines Sterblichen genagt hat. Diese, weil er sie des Tags über unterdrückte, machte sich in der Nacht Luft, und machte ihn bisweilen in ein lautes Stöhnen und Weinen ausbrechen, das Altheim, der in einem Zimmer mit ihm schlief, nicht unaufmerksam lassen konnte.

Eine der originellsten Szenen war es, Zerbin mit Renatchen, Hohendorfen und Altheim Triset spielen zu sehen. Jede Karte hatte in des armen Liebessiechen Ideen eine Bedeutung, deren geheimer mystischer Sinn nur ihm, und seinem Abgott anschaulich war, und sie dachte gerade bei jeder Karte nichts. Er spielte erbärmlich, und machte sie eine Partie nach der andern verlieren, und wenn sie im Ernst böse auf ihn ward, hielt er das für die feinste Einkleidung ihrer unendlichen Leidenschaft für ihn, die kein anderes Mittel wüßte, sich ihm, ohne von den andern bemerkt zu werden, verständlich zu machen. Sie, die außer dem Interesse ihrer großen Passion, kein anderes kannte als das elende Interesse des kleinen Kartenspiels, konnte, wenn er ihr mit allen zehn Karten in der Hand, das Herz-As anspielte, in Feuer und Flammen geraten, das er alles sehr wohl zurechtzulegen wußte, und in ihren heftigen, oft unbescheidenen Verweisen allemal verstohlne Winke der Zärtlichkeit, oder wohl gar das Signal zu einem Rendezvous zu entdecken glaubte, nach dem er sich den andern Tag die Beine ablief, ohne jemals ihr Angesicht zu sehen. Der würde ihm einen üblen Dienst geleistet haben, der ihn auch nur von fernher auf die Spur geholfen hätte, was der wahre Bewegungsgrund ihrer ganzen Maskerade gegen ihn sei. Er soll einmal wirklich die ganze Nacht unter ihrem Fenster gestanden haben, weil sie ihm auf seine

Invite in Koeur das Neapolitain in Karo gebracht hat, das er, wegen seiner viereckigen Rautenfigur, für ein unfehlbares Zeichen eines Rendezvous unter dem Fenster hielt.

Es dauerte nicht lange, so drang Altheim in seinen Kummer; das heißt, Zerbin gestand ihm, daß die Reize Renatchens nicht die Reize eines Menschen, sondern der Gottheit selber wären, die sich unter ihrer Gestalt auf Erden sichtbar zeigen wollen. Altheim ward mitleidig mit seinen nächtlichen Seufzern, er ward neugierig – lüstern, verliebt. Der Stolz, Zerbinen selbst, und auch Hohendorfen, ihre vermeinte Eroberung streitig zu machen, beschleunigte seine verliebte Bekehrung. Zerbin merkte dies, denn was merkt das Auge eines Liebhabers nicht, er fing an, die Verzweiflung, die bisher auf seinem Gesicht gewütet hatte, in sich hineinzukehren, und unter einer lachenden Miene zu verbergen. Er ward gewitzigt, gescheut, erträglich in Frauenzimmergesellschaften, und darum nur desto unglücklicher, da er seinem Herzen nie Luft lassen durfte und der verborgene Gram desto giftiger mit Skorpionenklauen dran zwickte. Er sah nun deutlich aus der plötzlichen Verwandlung Renatchens gegen ihn, daß alle ihre Anlockungen nur ein blinder Angriff gewesen waren, der eigentlich seinem Herrn gegolten hatte. Die Wunde war geschlagen, er blutete – und niemand hatte Mitleiden mit ihm. Sie tat kalt, spröde, bisweilen gar verächtlich gegen ihn, um ihn völlig aus seinem Irrtum nüchtern zu machen, nur, wenn sie merkte, daß sein Stolz zu tief gekrümmt worden war, bekam er einen aufmerksamen Blick, um nicht, wie Petrarch sagt, die Demut, die zu tief hinabgedruckt wird, zur Wut zu entflammen. Wer war unglücklicher, wer war erleuchteter, als er itzt, über die große Triebfeder weiblicher Seelen? Er sah, daß kein andrer Weg für ihn übrig war, noch bei vollem Verstande zu bleiben, als das Haus auf immer zu meiden, und seinen Wohltäter in dem Besitz der schönen Beute zu lassen. Er setzte sich's fest vor, brach es ein paarmal, setzte sich's wieder vor, schwur sich's, bis er endlich Meister über sich ward, und nun von Altheimen im Namen seiner Geliebten große Vorwürfe darüber erwartete: aber leider! man vermißte ihn nicht einmal.

Itzt nahm sein Schicksal eine tragischere Wendung. Daß des Menschen Herz ein trotzig und verzagtes Ding sei, ist ein Gemeinspruch, der auch den Allereinfältigsten auf den Lippen schwebet, den aber, wenn er sich an uns selbst wahr macht, kein menschlicher Scharfsinn, wär' es auch des größtmöglichen universellsten Genies, daß ich so sagen mag, auf der Tat ertappen, und ihm mit gehörig zubereiteter Brust begegnen kann. Wir schwanken immer, müssen zwischen Hoffnung und Verzweiflung schwanken; die am kühnsten beflügelte Seele schwankt desto fürchterlicher. Glücklich, wessen starkgewordene Vernunft in dieses Schwanken selbst ein gewisses Gleichgewicht zu bringen weiß!

Zerbin verzagte nun an sich und an der Möglichkeit geliebt zu werden, das gewöhnliche Schicksal der edelsten Seelen, die ihr Unglück nicht zufälligen Umständen, sondern ihrer eigenen Unwürdigkeit zuzuschreiben so geneigt sind. Der Geck weiß sich aus einer solchen Verschiebung sehr geschwind herauszufinden, bei dem edlen Mann aber frißt sie, wie ein Wurm, an der innern Harmonie seiner Kräfte. Alle seine langgehegten und gewarteten Vorstellungen, Empfindungen und Entwürfe liegen nun auf einmal, wie auf der Folter ausgespannt, verzerrt und zerrissen da; der ganze Mensch ist seiner Vernichtung im Angesicht. Er erholte sich zwar wieder, seine Seele nahm ihre vorige Schnellkraft wieder, aber nur um desto empfindlicher und untröstbarer zu leiden.

Unterdessen nahmen die Negoziationen zwischen Altheim und Renatchen ihren erwünschten Fortgang, und Hohendorf, der dieses nur zu bald inneward, verzweifelte darüber. Er kam oft zu Zerbinen, der, hinter zugezogenen Fenstergardinen, in mathematischen Büchern vergraben saß, in denen er leider! oft den ganzen Tag emsig las, ohne doch zwei Zeilen zu verstehen, auch an die erste Seite immer wie gebannet blieb, so sehr hatten seine Gedanken, wie ausgerissene unbändige Hengste, einen andern Weg genommen. Das Studium lag; alle seine Schüler verließen ihn; Hohendorf allein blieb ihm, doch mehr um ihm seine Not zu klagen, als Festungen erobern zu lernen. Zerbin hörte alle seine Klagen, Verwünschungen, Schmäh- und Lästerungen über Altheim und Renatchen mit großer Geduld an, und hatte nie das Herz, die seinigen dazuzufügen, sondern akkompagnierte ihn aufs höchste mit einigen halberstickten Seufzern, oder einem frostigen Lachen und einer so sokratischen Miene, daß er den Scharfsichtigsten selber betrogen haben würde, weil er fest entschlossen war, und einen gewissen Reiz drin fand, sich mit dieser erkünstelten Gleichgültigkeit das Herz abzustoßen. – Äußere Umstände kamen dazu; Altheim blieb der warme, sorgsame Freund nicht mehr für ihn; zwei Passionen können das Herz eines gewöhnlichen Menschen nie zu gleicher Zeit beschäftigen; dazu kam eine gewisse Art von Zurückhaltsamkeit gegen ihn, weil er ihn selbst in Renatchen verliebt gewußt hatte. Ihr Umgang war kalt, trocken, mürrisch; er ging des Morgens früh aus dem Hause, und kam des Nachts spät heim; sie wurden sich so fremd, daß sie sich füreinander zu fürchten anfingen. Der Tod der Freundschaft ist Mißtrauen: seine Wechsel kamen an; er vergaß Zerbinen die Pension auszuzahlen; Zerbin war zu stolz, ihn zu mahnen; er wollte sich im geringsten nicht bloß geben, daß er die Veränderung seines Herzens gegen ihn merkte. Das Gefühl der Freundschaft ist so zart, daß der geringste rauhe Wind es absterben macht, und oft in tödlichen Haß verwandelt; die Liebe zankt und söhnt sich wieder aus; die Freundschaft verbirgt ihren Verdruß, und stirbt auf ewig. Zwei Freunde sehen nur ein anders gestaltetes Selbst aneinander; sobald diese Täuschung aufhört, muß ein Freund vor dem andern erblassen und zittern.

Zerbin, der außer Wohnung und Tisch nichts frei hatte, fing an, die Notwendigkeit einzusehen, seinem Schmerz, dessen Gegenstand nicht edel genug war, ihn auf die Länge bei sich selbst zu rechtfertigen, einige Zerstreuung zu geben. Er wollte das Schauspielhaus, die Kaffeehäuser besuchen, um nicht von dem Alp Hypochonder erdrückt zu werden, der sich so gern zu einem Kummer gesellt, der durch keine Leidenschaft mehr veredelt wird. Alle seine Gelehrsamkeit hatte aus seinem Kopf Abschied genommen; er mußte wie ein Schulknabe wieder von vorn anfangen, und, was das schlimmste war, stellte sich ihm Renatchen, und alle mit ihr sich eingebildete Freuden, wie eine feindselige Muse, bei jedem Schritt im Wege, und riß, wie jenes Ungewitter vor Jerusalem, in der nächsten Stunde alles wieder ein, was er in der vorigen mit Mühe gebaut hatte. Meine Leserinnen werden vielleicht bei dem ersten wahren Gemälde einer Männerseele erstaunen, vielleicht aber auch bei ernsthafterm Nachdenken den Unglücklichen bedauren, der das Opfer einer so unredlichen Politik ward. Wie gesagt, seine Schüler verließen ihn; der Mangel nagte und preßte; er geriet in Schulden – und das – weil er zu verschämt, zu stolz – vielleicht auch zu träge war, jemand anders anzusprechen, bei seiner Aufwärterin, die er, sobald er sich das Herz genommen haben würde, Altheimen zu mahnen, mit Interessen zu bezahlen hoffte, sich also dadurch die Erniedrigung ersparte, andern Leuten Verbindlichkeiten zu haben.

Altheim wußte indessen allen Wendungen Renatchens zu einem förmlichen Heiratsverspruch so geschickt auszuweichen, daß sie es endlich müde ward, auf neue Kunstgriffe zu sinnen, und sich lieber der angenehmen Sicherheit überließ, die die größten Helden des Altertums so oft vor dem Ziel aller ihrer Unternehmungen übereilte. Sie suchte nun aus seiner Leidenschaft alle nur mögliche Vorteile für den gegenwärtigen Augenblick zu ziehen, und, da der Graf nichts weniger als geizig war, verschwendete er unermeßliche Summen, ihr tausend Abwechselungen von Vergnügen zu verschaffen. Beide dachten an Vermeidung des Argwohns und an die Zukunft nicht; böse Zungen sagten sogar schon in der Stadt sich ins Ohr, ihre Bekanntschaft sei von sichtbaren Folgen gewesen. Ein Teil dieser Nachreden mochte sich auch wohl von Hohendorf herschreiben; sie bekamen sie selber zu Ohren, ohne sich darüber sehr zu kränken, oder ihre Aufführrungen behutsamer einzurichten, so daß man am Ende Renatchen überall nur *die Gräfin* nannte.

Zerbin hörte diese Benennung und viel ärgerliche Anekdötchen in allen Gesellschaften, die er noch besuchte; seine Göttin so von ihrer Würde herabsteigen, so tief erniedrigt zu sehen, konnte nicht anders, als den letzten Keim der Tugend in seinem Herzen vergiften. Er suchte sich eine bessere Meinung vom Frauenzimmer zu verschaffen, er suchte sein Herz anderswo anzuhängen; es war vergeblich. Der Herr des Hauses, das er und der Graf zusammen bewohnten, hatte eine Tochter, die dem Bücherlesen ungemein ergeben war, und sich zu dem Ende ganze Wochen lang in ihr Kabinett verschloß, ohne sich anders als beim Essen sehen zu lassen. Er beredete den Grafen, ihm bei seinem Hausherrn die Kost auszudingen, welches der mit Freuden tat, weil dieser Tisch wohlfeiler, als der im Gasthofe, war, und er zu seinen verliebten Verschwendungen jetzt mehr als gewöhnlich zu sparen anfing. Zerbin suchte bei Hortensien (so hieß die Tochter seines Wirts) wenigstens den Trost einer gesellschaftlichen Unterhaltung – aber leider! mußte er auch hier die gewöhnliche Leier wieder spielen sehen. Sie legte alles, was er redte und tat, als Anstalten zu einer nähern Verbindung mit ihr aus, zu der sie denn auch nach der gewöhnlichen Taktweise einen Schritt nach dem andern ihm entgegen tat. Es ist ein Mann, sagten alle ihre Blicke, alle ihre Mienen, alle ihre dahin abgerichteten, ausgesuchten, in ihrem Kabinett ausstudierten Reden; er will dich heiraten! Du wirst Brot bei ihm finden; es ist doch besser Frau Magistern heißen, als ledig bleiben, und er denkt honett. Er dachte aber nicht honett; er wollte diese steifen, abgezirkelten, ausgerechneten Schritte in den Stand der heiligen Ehe nicht tun, so sehr Algebraist er auch war – er wollte lieben. Er wollte Anheften, Anschließen eines Herzens an das andere ohne ökonomische Absichten – er wollte keine Haushälterin, er wollte ein Weib, die Freude, das Glück, die Gespielin seines Lebens; ihre Absichten gingen himmelweit auseinander; er steuerte nach Süden, sie steuerte nach Norden; sie verstunden sich kein einzig Wort. Doch glaubte sie ihn zu verstehen; alle seine Gefälligkeiten, alle seine Liebkosungen (denn was liebkost nicht ein Mensch in der Verzweiflung?) beantwortete sie mit einer stumpfen, kalten Sprödigkeit, die ihn immer entweder mit Blicken, oder wohl gar mit Worten, auf den Ehestand hinauswies, als ob bis dahin keine Verschwisterung der Herzen möglich, oder vielmehr, als ob sie von keiner andern, als die hinter den Gardinen geschieht, einige Begriffe hätte. Der arme Mensch ging drauf, verzehrte sich in sich selber. Er mußte etwas lieben – Hier fing das Schreckliche seiner Geschichte an.

Seine Aufwärterin war ein junges, schlankes, rehfüßiges, immer heitres und lustiges Mädchen. Ihre Gutherzigkeit war ohne Grenzen, ihr Wuchs so schön als er sein konnte, ihr Gesicht nicht fein, aber die ganze Seele malte sich darin. Diese Ehrlichkeit, dieses sorgenfreie, unendlich Aufmunternde in ihrem Auge verbreitete Trost und Freude auf allen Gesichtern, die sie ansahen; lesen mochte sie nicht, aber desto lieber tanzen, welches ihre Lebensgeister in der ihr so unnachahmbaren Munterkeit erhielt. In der Tat war ihr gewöhnlicher Gang fast ein beständiger Tanz, und wenn sie sprach, jauchzte sie, nicht um damit zu gefallen, sondern, weil das herzliche innerliche Vergnügen mit sich selbst und ihrem Zustande keinen andern Ausweg wußte. In ihrem Anzug war sie immer sehr reinlich, und an dieser Tugend sowohl, als selbst im Geschmack, ließ sie ihre Gebieterin unendlich weit hinter sich. – Wie vieles kommt auf den Augenblick an, zu wie vielen schrecklichen Katastrophen war nur die Zeit, die Verbindung kleiner, oft unwichtig scheinender Umstände die Lunte! Ach, daß unsere Richter, vielleicht in spätern bessern Zeiten, der göttlichen Gerechtigkeit nachahmend, auch dies auf die Waagschale legten, nicht die Handlung selbst, wie sie ins Auge fällt, sondern sie mit allen ihren Veranlassungen und zwingenden Ursachen richteten, eh' sie sie zu bestrafen das Herz hätten! – In einem der Augenblicke, wo die menschliche Seele an all ihrem Glück verzagt, brachte Marie (so hieß die

Aufwärterin) Zerbinen den Kaffee aufs Zimmer. Der Herr des Hauses war eben mit seiner ganzen Familie zu einem Landfestin zwei Stunden vor der Stadt herausgefahren, von dem er vor Abend nicht wiederkam. Zerbin hatte den Morgen einem Bürger, der ihm zu einem Spazierritt schon vor einer Woche das Pferd geliehen, den letzten Groschen aus dem Beutel gegeben; es fiel ihm, als er sie tanzend hereintreten sah, ein, indem die Empfindung des Mangels kalt und grauenvoll über ihm schwebte, dieses gutartige holde Geschöpf könne wohl in dem Augenblick ebenso bedürftig sein, und aus Größe der Seele, oder aus jungfräulicher Schüchternheit, ihren Verdruß über das lange Außenbleiben seiner Bezahlung verbeißen: er fragte sie also mit einem ziemlich verwilderten Gesicht: »Jungfer! ich bin Ihr ja auch noch schuldig; wieviel beträgt's denn?«

Ob sie nun aus seiner Miene geschlossen, daß ihm die Bezahlung itzt wohl schwerfallen dürfte, oder ob etwas in ihrem Herzen für ihn sprach, das nur wünschte durch eine Handlung der Aufopferung sich ihm weisen zu können – genug, sie wußte mit einer so eigenen Naivetät ein erstauntes Gesicht anzunehmen, die Hände so bescheiden zu falten, so beklemmt zurückzutreten, daß Zerbin selber drüber irreward. »Sie mir schuldig, mein Herr? seit wann denn? – Woher denn?« – »Hat Sie mir nicht fünf Gulden von Ihrem Lohn geliehen – und nachher noch fünfe von Ihrer guten Freundin verschafft?« – »Sie träumen. Ich glaube, die gelehrten Herren haben zuweilen Erscheinungen.« – »Ich muß es Ihr bezahlen, Jungfer. Ich will meine Uhr versetzen.« – Um meinen Leserinnen und Lesern dieses Betragen unserer artigen Bäuerin in ein besseres Licht zu setzen, müssen wir hier erinnern, daß sie Tochter eines der reichsten Schulzen aus einem benachbarten Dorf war, und nicht sowohl wegen des Lohns, als wegen alter Verbindlichkeiten, die ihr Vater dem Herrn vom Hause hatte, bei ihm diente.

Sie setzte sich hierauf in eine noch feierlichere Stellung, und tat die schrecklichsten Schwüre, daß er ihr nichts schuldig wäre; er sprang auf, weinte für Scham, Wut und Dankbarkeit; sie fing mit an zu weinen, sagte, wenn er wieder was nötig hätte, sollte er sich nur an sie wenden, sie hätte einen reichen Vaterbruder in der Vorstadt, sie würde schon Mittel finden, etwas von ihm zu bekommen; er schloß sie in seine Arme; ihre bebenden Lippen begegneten sich – Einsamkeit, Stille, Heimlichkeit, tausend angsthafte, freudenschaurige Gefühle überraschten sie; sie verstummten – sie gleiteten – sie fielen.

Diese Trunkenheit des Glücks war die erste und einzige, die Zerbinen für seine Lebenszeit zugemessen war, um ihn in desto tieferes Elend hinabzustürzen. Zwar wußten beide auch nachmals noch Gelegenheit zu finden, ihre Zärtlichkeiten zu wiederholen; aber wie der erste Schritt zum Laster, so mit Rosen bestreut er auch sein mag, immer andere nach sich zieht, so ging es auch hier. Zerbins hohe Begriffe von der Heiligkeit, aufgesparten Glückseligkeit, von dem Himmel des Ehestandes verschwanden. Die Augen fingen ihm, wie unsern ersten Eltern, an aufzugehen, er sah alle Dinge in ihrem rechten Verhältnis, sah bei der Ehe nichts mehr, als einen Kontrakt zwischen zwei Parteien aus politischen Absichten. Hortensia und ihr steifes Betragen hatte nun in seinen Augen gar nichts Widriges mehr, da der Vater eine ansehnliche Stelle im Magistrat bekleidete, und zehntausend Taler mitgeben konnte: er ward vernünftig. Er hatte die Liebe seiner Marie zum voraus eingeerntet; Liebe schien ihm nun ein Ingrediens, das gar nicht in den Heiratsverspruch gehörte; die große Weisheit unserer heutigen Philosophen ging ihm auf, daß Ehe eine wechselseitige Hülfleistung, Liebe eine vorübereilende Grille sei; eine Mißheirat schien seinem aufgeklärten Verstande nun ein ebenso unverzeihbares Verbrechen, als es ihm ehemals der Ehebruch und die Verführung der Unschuld geschienen hatten. In ein Dörfchen zu gehen, und mit seinem freundlichen Mariechen Bauer zu werden – oder dem Vorurteil aller honetten Leute in Leipzig Trotz zu bieten und seine schöne Bäuerin im Angesicht all seiner galanten Bekanntschaften zu heiraten – welch ein unförmlicher Gedanke für einen Philosophen, dem itzt erst die Fackel der Wahrheit zu leuchten anfing, der itzt erst die Beziehungen der Menschen, die Abweichungen der Stände, die Torheiten phantastischer junger Leute, die Irrtümer der Phantasei, und das unermeßliche Gebiet der Wahrheit im echtesten Licht übersah! Von dieser Zeit an faßte er den Entschluß, Professor der ökonomischen Wissenschaften, nebenan des Naturrechts, des Völkerrechts, der Politik und der Moral, zu werden. Saubere Moral, die mit dem Verderben eines unschuldigen Mädchens anfing! Er räsonierte nun ungefähr also:

»Der Trieb ist allen Menschen gemein; er ist ein Naturgesetz. Die Gesellschaft kann mich von den Pflichten des Naturgesetzes nicht lossagen, als wenn diese den gesellschaftlichen Pflichten entgegenstehen. Solange sie sich damit vereinigen lassen, sind sie erlaubt – was sage ich? sie sind Pflicht. Ich darf also die Achtung, die ich der Gesellschaft schuldig bin, nicht aus den Augen setzen. Folglich: wenn ich Marien dahin bringen kann, daß sie um einige Zeit eine Reise zu ihren Verwandten vorschützt, so sie insgeheim nach Berlin führe, wo ich gleichfalls meinen Vater zu besuchen habe, ihr dort ein Zimmer miete, das Kind auf die Rechnung meiner künftigen Erbschaft von dem und dem alten Bekannten meines Vaters in der Stille erziehen lasse – unterdessen wiederkomme und eine reiche Partie – Marie bleibt immer mein, und je verstohlner wir nachher zusammenkommen, desto süßer – Liebe hat ihre eigene Sphäre, ihre eigene Zwecke, ihre eigene Pflichten, die von denen der Ehe himmelweit unterschieden sind.«

Er setzte sich sogleich hin, an seinen Vater zu schreiben, ihm durch die unvermutete Entdeckung, daß er noch lebte, eine Freude zu machen, und sich zugleich für seine bedrängten Umstände, und zu einer Reise nach Berlin, eine Hülfe von hundert Friedrichd'or auszubitten. In diesem Augenblick trat Marie ins Zimmer. Er kleidete ihr sein Projekt in solche lügen- und schmeichelhafte Farben ein, daß sie mit Tränen in alles willigte. Wiewohl sie ihm die Freuden eines eingezogenen, schuldlosen Lebens, in einem Dorf, wo ihr Vater ihn mit beiden Händen würde aufgenommen haben, mit Worten vormalte, die Steine erweicht haben würden: aber seine Politik drang diesmal durch. Sie wollten sich in Berlin so lange auf halten, bis sein Vater tot wäre, und er förmliche Anstalten zu einer öffentlichen Verheiratung mit ihr machen könnte. Sie ergab sich endlich in seine höheren Einsichten, warf sich in seine Arme, drückte ihm ihre Liebe nochmals auf die Lippen, und erhielt von ihm die Versiegelung seiner noch immer ebenso heftigen Leidenschaft.

Alles ging gut: er fing hierauf an, statt der verdrüßlichen Lehre von Potenzen und Exponenten, ein Kollegium über die Moral und eines über das Jus Naturae zu lesen, das ihm gar kein Kopfbrechen kostete, und ungemein gut von der Lunge ging. Er bekam einen Zulauf, der unerhört war, und es währte kein halbes Jahr, so ließ er für seine Lesestunden ein neues Kompendium der philosophischen Moral, gepfropft aufs Natur- und Völkerrecht, drucken, das in allen gelehrten Zeitungen bis an den Himmel erhoben ward. Unterdessen blieb das arme Mariechen, die Veranlassung aller dieser Revolutionen, ein unglückliches Mittelding zwischen Frau und Jungfer; ihre glückliche Lustigkeit verlor sich; die Rosen auf ihren Wangen starben; die Zeit ihrer Entbindung nahte heran, Zerbin fing an verlegen zu werden, wenn sie auf sein Zimmer trat. Ein unangenehmer Vorfall kam noch dazwischen.

Dem Hause des Herrn Freundlach gegenüber lag ein Kaffeehaus, das Hohendorf sowohl, als Altheim, in der Zeit ihrer ersten Bekanntschaft mit Renatchen, gleich nach dem Essen gewöhnlich zu besuchen pflegten. In der Zeit des Noviziats, da es bei beiden noch immer hieß:

Ich aber steh, und stampf, und glühe,
Und flieg im Geiste hin zu ihr,
Und bleib, indem ich zu ihr fliehe,
Stets unstet, aber immer hier,

Weil, bis mich Glück und Freundschaft retten,
Die oft ein langer Schlaf befällt,
Mich hier, mit diamantnen Ketten,
Das Schicksal angefesselt hält.

Uz.

Obzwar Hohendorf itzt fast gar keinen Zutritt in dem Hause mehr hatte, oder doch wenigstens von dem Idol seiner Wünsche allemal sehr frostig empfangen ward: so blieb doch ein gewisser Zauber um dieses Kaffeehaus schweben; er fühlte allemal nach dem Essen einen geheimen Zug hinzugehen, von dem er sich selbst nicht Rechenschaft zu geben wußte. Da sah er denn sein geliebtes Renatchen sehr oft mit Altheimen am Fenster, und rächte sich, oder glaubte sich mit verachtungsvollen Blicken recht herzlich an ihnen zu rächen. Altheim selbst kam auch noch bisweilen dahin, wenn Renatchen etwa sich nicht sprechen ließ, oder einen Besuch bei einer Verwandtin machte, die er nicht wohl leiden konnte, weil sie beiden immer so spitzfündige Reden gab.

An einem dieser Nachmittage kam Hohendorf mit Altheim in einem Billardspiel, wo mehrere Personen um den Einsatz spielten, in einer sogenannten Guerre zusammen, und es traf sich unglücklicherweise, daß die beiden Nebenbuhler grade aufeinander folgen mußten. Hohendorf, der schon lang eine Gelegenheit an Altheim suchte, machte, ohne daß es ihm selbst Vorteil brachte, seinen Ballen, welches wider die Regel vom Spiel ist. Altheim zeigte seinen Verdruß darüber; Hohendorf schüttelte lächelnd den Kopf; als die Reihe wieder an ihn kam, machte er, nun wirklich unversehens und wider Willen, den Ballen des Altheim zum andernmal. Altheim, fest versichert, daß dies in der Absicht geschehe, ihn zu beleidigen, warf ihm den Billardstock ins Gesicht; sie griffen nach den Degen; man trennte sie; den andern Morgen ritten sie vor der Stadt hinaus ins Rosental, sich auf Pistolen zu schlagen, wo Altheim so glücklich oder so unglücklich war, seinen Gegner zu erlegen, und sich ungesäumt aus dem Staube machte, ohne nachher, weder seiner Geliebten, noch unserm Zerbin, seinem Mentor, jemals mit einer Silbe Nachricht von sich zu geben.

Zerbin wußte also auch die anderweitigen Schulden, die er, auf die Rechnung der vom Grafen zu bekommenden rückständigen Pension, gemacht hatte, nicht zu bezahlen; er mußte eine ganz andre Haushaltung anfangen. Um seinen Hausherrn in guter Laune zu erhalten, redete er nun, bisweilen rätselhaft, bisweilen ziemlich deutlich, von gewissen Absichten, die er auf seine Tochter hätte, deren Jugend und Schöne sehr stark zu sinken anfing. Sobald Marie bei ihren geheimen Zusammenkünften sich unruhig darüber bezeigte, wußte er sie mit der Notwendigkeit dieser Maskerade zufrieden zu sprechen, damit ihn der Herr des Hauses nicht wegen Hausmiete und Kostgeld mahnte, welches in der Tat auch nicht erfolgte, und seine Sicherheit und stillschweigende Verbindlichkeit gegen Hortensien immer größer machte. Seine ganze Hoffnung, der letzte Anker, den er ausgeworfen, stand nun auf die Antwort von seinem Vater. Man stelle sich Mariens Entzücken vor, als sie ihm selbst den Brief aus Berlin von dem Posthause brachte, und den Übergang zu ihrer Verzweiflung, als sie nun aus seinem Munde hörte, daß auch hier der Tau zerrissen sei. Sein Vater war, durch einen der kühnsten Diebstähle, da man ihn selbst und seine alte Magd geknebelt hatte, rein ausgeplündert worden, und itzt im allerkümmerlichsten Mangel, da er, wegen seines bekannten Wuchers, bei niemand einmal Mitleiden fand. Er bat seinen Sohn, ihn, wo möglich, mit Geld zu unterstützen, oder zu sich nach Leipzig kommen zu lassen. Es blieb Marien nichts übrig, als Weinen und Schluchzen; sie warf sich ihm zu Füßen; er sollte mit ihr in ihr Dorf gehen, um ihr bei ihrem Vater Vergebung zu verschaffen. Alles war umsonst; er stellte ihr vor, daß eine Geschichte von der Art, wenn sie bekannt würde, ihn unfehlbar um seine Stelle bei der Universität bringen würde, daß er sich durch sein Ansehen, durch seinen Kredit, durch seine Gelehrsamkeit wohl noch so weit bringen würde, sein berlinisches Projekt mit ihr auch hier in Leipzig auszuführen, daß er ein Werk unter der Presse hätte, für welches ihm der Buchhändler dreihundert Taler geboten, daß er die zur Erziehung des Kindes verwenden wolle, daß sie ihm versprechen solle, sich an ihre Freundin in der Vorstadt zu wenden, ihr ihren Zustand zu gestehen, eine schleunige Krankheit bei ihr vorzuschützen, unter dem Vorwand in ihrem Hause zu bleiben, bis die Entbindung vorüber wäre, und unter der Zeit eine andere Magd in ihre Stelle zu mieten usw. Sie versprach alles aus Liebe zu ihm; sie ging von ihm, fest entschlossen, allen möglichen Stürmen des Schicksals Trotz zu bieten, um ihm seine Ehre und guten Namen in der Stadt zu erhalten; an den ihrigen dachte sie nicht einmal. Ihre Hände noch naß von den Tränen, mit denen er sie beschworen hatte, die Sache geheimzuhalten, dachte, sah, begriff sie keine Schwierigkeiten bei dieser Sache, fing sogleich an, den Anfang ihrer Rolle zu spielen, und sich bei ihrer Jungfer über Kopfweh und Fieberschauer zu beklagen. Den Nachmittag hatte sie den Plan gemacht, ihrer Freundin einen Besuch zu geben, und da, gleich als ob sie unvermutet von einem hitzigen Fieber überfallen wäre, sich zu Bette zu legen.

Aber wie wenig wußte das gute Mädchen, was sie versprochen hatte! Als sie zu ihrer Freundin kam, fand sie sie eben im Ausräumen begriffen, weil sie ihre Miete aufgesagt hatte, und ein anderes Haus beziehen wollte. Mann und Frau hatten, wie es bei dergleichen Gelegenheit zu gehen pflegt, Händel zusammen bekommen, und maulten itzt miteinander. Sie ward mit einem bewölkten Gesicht empfangen; die Furcht, ihr zur ungelegenen Stunde zu kommen, verschloß ihr den Mund. Das Herz entfiel ihr; all ihre Anschläge verwirrten sich, sie wußte nicht aus noch ein. Sie sagte ihrer Freundin, daß ihr nicht wohl wäre; sie ward kaltsinnig bedauert. Ach, ein Ton der Stimme, eine trockene Miene ist, in dergleichen Gelegenheiten, schüchternen und zarten Seelen ein Donnerschlag! Sie kam halb ohnmächtig wieder nach Hause, und doch liebte sie Zerbinen zu sehr, um ihn durch Erzählung dieses ersten mißlungenen Versuchs in Bekümmernis zu setzen. Sie sah nun ihr Schicksal als eine Strafe Gottes für ihren Leichtsinn an, der höchste Grad der Melancholei, und fand ihren Trost, ihre Wollust in verborgenen Tränen. Sie wagte es dennoch, nach ein paar Tagen zum andernmal hinzugehen, nachdem sie Zerbinen eingebildet hatte, es sei alles schon in Richtigkeit: sie fand ihre Freundin nicht zu Hause. Auch dies sah sie als etwas Übernatürliches an; ihr Herz entfiel ihr immer mehr; es war, als ob ihr jemand zuriefe: du sollst dich deiner Freundin nicht entdecken! – O Richter, Richter, habt ihr die Gefühle eines jungen Mädchens je zu Rat gezogen, wenn ihr über ihre Tat zu sprechen hattet! Ahndet ihr, was das heißt, seine Schande einer andern entdecken, was für Überwindung das kostet, was für ein Kampf zwischen Tod und Leben in einer weiblichen Seele, die noch nicht schamlos geworden ist, da entstehen muß? Sie faßte nun den Vorsatz, in die Hände Gottes, nicht in die Hände der Menschen zu fallen, wie sie nachher ihrem Beichtvater selber gestanden hat. Sie wollte sich ihrem Schicksal überlassen, und das Schlimmste abwarten, ohne Zerbin oder irgend einem Menschen ein Wort davon zu sagen. – Die Taschen, die damals auch Personen geringen Standes durchgängig trugen, verhehlten ihren Zustand; kurz, die Frucht ihrer verbotenen Vertraulichkeit kam, nach ihrem letzten Geständnis, tot auf die Welt.

Nach den Gesetzen ist eine verhehlte Schwangerschaft allein hinlänglich, einer Weibsperson das Leben abzusprechen, wenn man auch keine Spur einer Gewalttätigkeit an dem Kinde gewahr wird. Marie hatte das ihrige in der Geschwindigkeit ins Heu verbergen wollen, da eben das Haus, wegen eines Schmauses in der Vakantzeit, voller Gäste war, und sie alle Augenblicke gebraucht wurde. Der Kutscher war in ihrer Abwesenheit auf den Heuboden gestiegen, den Pferden etwas Futter zu langen, und er war der erste Angeber dieses unglücklichen Mädchens.

Sie ward gefänglich eingezogen: Zerbin ließ sich nichts merken. Man stelle sich die Entschlossenheit, die Großmut, die Liebe dieses unglücklichen Schlachtopfers vor: sie war durch keine Mittel dahin zu bringen, den Vater ihres Kindes herauszugeben. Alle Klugheit, alle Strenge der Obrigkeit war umsonst; nichts als unzusammenhängende Erdichtungen konnten sie aus ihr bringen. Das war eine Szene, als ihr Vater, der Schulz aus dem Reichsdorf, zu ihr ins Gefängnis trat.

»Du Alleweltsh–«, war sein Willkomm, »was machst du hier? Hab ich dich so gelehrt, Gottes Gebot aus den Augen setzen?«

Sie weinte.

»Durch Henkershand dich verlieren – Wer ist der Vater dazu gewesen, sag mir's! Gottes Gericht soll mich verfolgen, wo ich es nicht so weit bringe, daß der Kerl« – hier kniff er die Daumen ein, sah in die Höhe, biß die Zähne zusammen, und Schaum trat ihm vor den Mund.

Sie weinte immer fort.

»O du Gottsvergessene – – nenn mir den Kerl nur!« – Er setzte sich bei ihr auf eine zerbrochene Tonne nieder.

»Ich weiß ihn nicht, Vater, ich kenn ihn nicht.«

»Du kennst ihn nicht – so wird Gott ihn finden, Gottes Gericht ihn finden! Du kennst ihn nicht? Du wirst dir doch nicht im Schlaf so was haben anräsonieren lassen – Meine einzige Tochter auf dem Schafott – Nenn mir ihn, sag mir ihn, ich will ihm nichts zu leide tun!« – »Freilich war's so gut als im Schlaf, Vater, im Rausch, Vater! als wir von einer Hochzeit kamen. Es war ein Schuhmachersgesell, den Mainzer nennten sie ihn.«

»Gott wird ihn finden, den Schuhmachersgesellen – O mein Kind, mein Kind!« Hier umarmte er sie heulend, und drückte sie, unter erschrecklichem Schluchsen, zu wiederholten Malen an sein Herz. »Wenn ich mich hier in deine Stelle setzte, du bist jung; du kannst noch lange leben –«

»Ich überlebte es nicht – –«

»Ich hatte dir mein neues Haus zugedacht; es ist unter Dach; du sollst mir den Nagler Rein heiraten; es ist ein junges frisches Blut, und hat dich jederzeit so lieb gehabt. Alle Abend bin ich mit meinem alten Weibe hinspaziert, und haben nach dem Bau gesehen und von dir geredt, wie wir im Winter so vergnügt miteinander leben, und fleißig zueinander zu Licht gehen wollten. ›Ich habe noch fünf Pfund von dem schönen weißen Flachs; die soll sie mir abspinnen helfen‹, sagte sie. ›Sie wird doch itzt in der Stadt nicht so galant geworden sein, daß sie das Spinnrad nicht mehr in die Hand nehmen darf‹ – ach, du gottloses Kind! es war, als ob sie das im prophetischen Geist gesagt hätte.«

Sie, auf seine Hand weinend: »Könnt Ihr mir denn nicht verzeihen, Vater?«

»Er, der Nagler Rein, stund denn so dabei und lächelte, und die Tränen quollen ihm in die Augen. Sag ich doch, es war, als ob's uns allen geahndt hätte.«

»Grüßt den guten Rein, sagt, ich werde noch in der Ewigkeit für ihn beten, daß er eine bessere Frau bekomme, als ich ihm gewesen wäre. Sagt ihm, es soll ihm nicht leid sein um mich.«

»Wem sollt' es nicht leid sein um dich.« Hier heulte er wieder an ihrem Halse. »Darf deine Mutter auch kommen, dich zu sehen?«

»Meine Mutter – wo ist sie – wo ist meine gute Mutter? Geschwind laßt sie hereinkommen! Ich habe nicht lange mehr hier zu bleiben.«

Walter (so hieß der Alte) schlug in die Hände. »Ist denn keine Gnade, kein Pardon nicht möglich? Ich will mich dem Gerichtsherrn zu Füßen werfen –«

»Meine Mutter, Walter! – Ich schwör Euch, es stirbt kein Mensch so gern als ich« – sie flog an die Tür: »Meine Mutter! Laßt meine Mutter hereinkommen!«

Hier traten die Mutter und einige Verwandtinnen herein; es ging ein allgemeines Geheul an, das den Kerkermeister selber aus seiner Fassung brachte, daß er das Zimmer verlassen mußte. Die grausame Stunde rückte heran. Man sprach noch immer in der Stadt davon, sie würde Gnade bekommen; bis zum letzten Augenblick, noch da ihr die Augen verbunden wurden, stand das Volk in dieser Erwartung; man konnte es nicht begreifen, nicht fassen, daß eine so liebenswürdige Gestalt unter Henkershänden umkommen sollte; der Prediger war nicht imstande, ihr ein einziges Trostwort zuzusprechen – – vergeblich! Die Gesetze waren zu streng, der Fall zu deutlich; sie ward enthauptet.

Sie hat bis an den letzten Augenblick die liebenswürdige, milde Heiterkeit in ihren Mienen, sogar in ihrer ganzen Stellung, in dem nachlässigen Herabsinken ihrer Arme und des Haupts, noch beibehalten, die ihren Charakter so vorzüglich auszeichnete. Sie stand da, etwa wie eine von den ersten Bekennerinnen des Christentums, die für ihren Glauben Schmach und Martern getrost entgegensahen. Sie wandte sich noch oft sehnsuchtsvoll herum, gleich als ob ihre Augen unter dem gedrängten Haufen Volks jemanden mit Unruhe suchten. Jedermann sagte, sie suche ihren Liebhaber, und die nah bei ihr gestanden, versichern, sie haben sie noch in den letzten Augenblicken einen Namen sehr undeutlich aussprechen hören, der von einem heftigen Tränenausbruch begleitet wurde. Sie hielt sich sodann eine Minute die Hand vor die Augen, welche sie hierauf, wie außer sich, halb ohnmächtig dem Scharfrichter reichte, weil sie sich nicht mehr auf den Füßen erhalten konnte. Er band ihr die Augen zu – und die schöne Seele flog gen Himmel.

Zwei, drei Tage war alles in der Stadt in Bestürzung; man sprach in allen Gesellschaften von nichts, als der schönen Kindermörderin. Man schrieb Gedichte und Abhandlungen über diesen Vorfall: Zerbin ging bei alledem wie betäubt umher, das gewöhnliche Schicksal abgewürdigter Seelen, wenn sie in außerordentliche Umstände kommen. Wenn ich einen Roman schriebe, so würde ich es nimmer wagen, meine Geschichte mit einem Selbstmorde zu schließen, um den Verdacht der Nachahmung zu vermeiden, da diese Saite nun einmal von einer Meisterhand ist abgegriffen worden. So aber darf ich mich von meiner Urkunde nicht entfernen, und welch ein Unterschied ist es nicht mit alledem unter einem Selbstmorde, der, durch die Zaubereien einer raphaelischen Einbildungskraft, zu einer schönen Tat ward, und das höchste Glück des Liebhabers beförderte, und unter einem, der nichts, als die gerechte Folge einer schändlichen Tat, und mehr wie eine Strafe des Himmels, als wie ein Fehltritt einer verirrten Leidenschaft anzusehen war! Er kroch, unter der Last seiner Schuld, und der ihm allein empfindbaren Vorwürfe aller seiner Zeitverwandten, stumm und sinnenlos zu der ihn erwartenden Schlachtbank. Folgende Papiere, die man in seinem Schreibpult gefunden, können dennoch einiges Mitleiden für ihn rege machen. Wir wollen sie, unter den Zeichen A und B, nach Mutmaßung der Zeit, in der sie geschrieben sein können, hier einrücken.

»A. Ich komme zu dir, meine Marie – ich komme, mich mit dir vor denselben Richterstuhl zu stellen, und von dir mein Urteil zu erwarten. Die Welt verdammet mich, es ist mir gleichgültig, aber du – solltest du keine Verzeihung für mich haben, Heilige! – So soll es mir süß sein, wenigstens von dir meine Strafe zu erhalten. Du allein hast das Recht dazu.

B. Ich schreibe dieses, sie vor den Augen der ganzen Welt zu rechtfertigen. Unsere Ehe war kein Verbrechen; zwar war sie von keiner Priesterhand eingeweiht, aber durch unverstellt brennende Küsse versiegelt, durch fürchterliche Schwüre bestätigt. Dieser Lehnstuhl, an dem wir beide auf den Knieen gelegen, dieses Bette, auf dem ich mich noch heulend herumwälze, sind Zeugen davon. Ich war die einzige Ursache, daß unsere Verbindung nicht öffentlich bestätigt ward – meine eingebildete Gelehrsamkeit, mein Hochmut waren die einzigen Hindernisse. Ich schmeichelte ihr, ich würde sie nach Berlin bringen, und meinem Vater vorstellen, bloß um ihre Wünsche, ihre Bitten in die Länge zu ziehen. Ich kann nicht trauren über alles dieses; mein Herz ist zu hart. Aber daß sie mich nicht verraten hat, daß sie für mich gestorben ist, war zu großmütig; das verdiente ich nicht! Ich eile ihr das zu sagen – ich warne alles Frauenzimmer vor einer so grenzenlosen Liebe gegen unwürdige Gegenstände. Ich wollte ihr nichts aufopfern; sie opferte mir alles auf. Ich kann mich nicht hassen, aber ich verachte mich!«

Er schlich, ohne einem Menschen ein Wort zu sagen, in trübsinniger Schwermut einige Tage hin, sprach selbst von dieser Geschichte mit Hortensien und andern, wiewohl allemal sehr kurz. Am dritten Tage abends kam er nicht zu Hause; den vierten Tag ward am Morgen seine Leiche in dem zu der Zeit mit Wasser angefüllten Stadtgraben gefunden, in den er sich vom Wall herabgestürzt hatte. Jedermann erschrak; bis endlich, bei Durchsuchung seiner hinterlassenen Papiere, den Leuten die Augen aufgingen. Hortensia ward schwermütig, und Renatchen soll nach der Zeit die Religion verändert haben, und in ein Kloster gegangen sein.

Der Waldbruder, ein Pendant zu Werthers Leiden

Erster Teil

Erster Brief

Herz an seinen Freund Rothe
in einer großen Stadt

Ich schreibe Dir dieses aus meiner völlig eingerichteten Hütte, zwar nur mit Moos und Baumblättern bedeckt, aber doch für Wind und Regen gesichert. Ich hätte mir nie vorgestellt, daß dies Klima auch im Winter so mild sein könne. Übrigens ist die Gegend, in der ich mich hingebaut, sehr malerisch. Grotesk übereinander gewälzte Berge, die sich mit ihren schwarzen Büschen dem herunterdrückenden Himmel entgegen zu stemmen scheinen, tief unten ein breites Tal, wo an einem kleinen hellen Fluß die Häuser eines armen aber glücklichen Dorfs zerstreut liegen. Wenn ich denn einmal heruntergehe und den engen Kreis von Ideen, in dem die Adamskinder so ganz existieren, die einfachen und ewig einformigen Geschäfte und die Gewißheit und Sicherheit ihrer Freuden übersehe, so wird mir das Herz so enge und ich möchte die Stunde verwünschen, da ich nicht ein Bauer geboren bin. Sie sehen mich oft verwundrungsvoll an, wenn ich so unter ihnen herumschleiche und nirgends zu Hause bin, mit ihrem Scherz und Ernst nicht sympathisieren kann, so daß ich mich am Ende wohl schämen und in ihre Form zu passen suchen muß, da sie denn ihren Witz nach ihrer Art meisterhaft über meine Unbehelfsamkeit wissen spielen zu lassen. Alles dies beleidigt mich nicht, weil sie meistens recht haben und ein Zustand wie der meinige durch die äußern Symptome, die er veranlaßt, schon seit Petrarchs Zeiten jedermann zum Gespött dienen muß. Soll ich aber die Wahl haben, so ist mir der Spott des ehrlichen Landmanns immer noch Wohltat gegen das Auszischen leerer Stutzer und Stutzerinnen in den Städten.

Wenn Du einmal einen geschäftfreien Tag hast, so komm zu mir, Du bist der einzige Mensch, der mich noch zuweilen versteht.

Herz.

Zweiter Brief

Fräulein Schatouilleuse an Rothen,

der aufs Land gereist war, eine Frühlingskur zu trinken

Sagen Sie mir doch in aller Welt, wo mag Herr Herz hingekommen sein. Etwa bei Ihnen, so hab ich eine Wette gewonnen. Der Papa sagte heut, er habe seine Bedienung bei der Kanzlei niedergelegt und sei in den Odenwald gegangen, um Waldbruder zu werden. Da lachten wir nun alle, daß uns die Tränen von den Backen liefen, er aber schwur, es sei wahr. Ich schlug gleich eine Wette mit ihm ein, daß er bei Ihnen in Zornau wäre; schreiben Sie mir doch, ob dem so ist, und ich will Ihnen auch viel Neues von ihm sagen, das Sie recht zu lachen machen wird.

Dritter Brief

Herz an Rothen,

der dem Boten weiter nichts als einen Zettel mitgegeben,
auf dem mit Bleistift geschrieben war:
Herz! Du dauerst mich!

Ich danke Dir für Dein zuvorkommendes Mitleid. Das Pressende und Drückende meiner äußern Umstände preßt und drückt mich nicht. Es ist etwas in mir, das mich gegen alles Äußere gefühllos macht.

Du hast vermutlich erfahren, daß mein letztes Geld, das ich aus der Stadt mitgenommen, mir von einem schelmischen Bauren gestohlen worden, der die Zeit abpaßte, als ich unten war, Brot zu kaufen. Aber wozu sollte mir auch das Geld? Wenn ich Mangel habe, gehe ich ins Dorf, und tue einen Tag Tagelöhners Arbeit, dafür kann ich zwei Tage meinen Gedanken nachhängen.

Ich bin glücklich, ich bin ganz glücklich. Ich ging gestern, als die Sonne uns mitten im Winter einen Nachsommer machte, in der Wiese spazieren, und überließ mich so ganz dem Gefühl für einen Gegenstand, der's verdient, auch ohne Hoffnung zu brennen. Das matte Grün der Wiesen, das mit Reif und Schnee zu kämpfen schien, die braunen verdorrten Gebüsche, welch ein herzerquickender Anblick für mich! Ich denke, es wird doch für mich auch ein Herbst einmal kommen, wo diese innere Pein ein Ende nehmen wird. Abzusterben für die Welt, die mich so wenig kannte, als ich sie zu kennen wünschte – o welche schwermütige Wollust liegt in dem Gedanken!

Beständig quält mich das, was Rousseau an einem Ort sagt, der Mensch soll nicht verlangen, was nicht in seinen Kräften steht, oder er bleibt ewig ein unbrauchbarer schwacher und halber Mensch. Wenn ich nun aber schwach, halb unbrauchbar bleiben will, lieber als meinen Sinn für das stumpf machen, bei dessen Hervorbringung alle Kräfte der Natur in Bewegung waren, zu dessen Vervollkommnung der Himmel selbst alle Umstände vereinigt hat. O Rousseau! Rousseau! wie konntest du das schreiben!

Wenn ich mir noch den Augenblick denke, als ich sie das erstemal auf der Maskerade sah, als ich ihr gegenüber am Pfeiler eingewurzelt stand und mir's war, als ob die Hölle sich zwischen uns beiden öffnete und eine ewige Kluft unter uns befestigte. Ach wo ist ein Gefühl, das dem gleichkommt, so viel unaussprechlichen Reiz vor sich zu sehen mit der schrecklichen Gewißheit, nie, nie davon Besitz nehmen zu dürfen. Ixion an Jupiters Tafel hat tausendmal mehr gelitten, als Tantalus in dem Acheron. Wie sie so stand und alles sich um sie herdrängte und in ihrem Glanze badete, und ihr überall gegenwärtiges Auge keinen ihrer Bewunderer unbelohnt ließ. Sieh, Rothe, diese Maskerade war der glücklichste und der unglücklichste Tag meines Lebens. Einmal kam sie nach dem Tanz im Gedränge vor mir zu stehen, als ich eben auf der Bank saß, und als ob ich bestimmt gewesen wäre, in ihren Zauberzirkel zu fallen, so dicht vor mir, daß ich von meinem Sitz nicht aufstehen konnte, ihr meinen Platz anzutragen, denn die Ehrfurcht hielt mich zurück, sie anzureden. Diese Attitüde hättest Du sehen und zeichnen sollen, das Entzükken, so nah bei ihr zu sein, die Verlegenheit, ihr einen Platz genommen zu haben, o es war eine süße Folter, auf der ich diese wenige glückliche Minuten lag.

Wo bin ich nun wieder hineingeraten, ich fürchte mich, alle die Sachen dem Papier anvertraut zu haben. Heb es sorgfältig auf, und laß es in keine unheiligen Hände kommen.

Herz.

Vierter Brief

Fräulein Schatouilleuse an Rothen

Ha ha ha, ich lache mich tot, lieber Rothe. Wissen Sie auch wohl, daß Herz in eine Unrechte verliebt ist. Ich kann nicht schreiben, ich zerspringe für Lachen. Die ganze Liebe des Herz, die Sie mir so romantisch beschrieben haben, ist ein rasendes Qui pro quo. Er hat die Briefe einer gewissen Gräfin Stella in seine Hände bekommen, die ihm das Gehirn so verrückt haben, daß er nun ging und sie überall aufsuchte, da er hörte, daß sie in ** angekommen sei, um an den Winterlustbarkeiten teilzunehmen. Ich weiß nicht, welcher Schelm ihm den Streich gespielt haben muß, ihm die Frau von Weylach für die Gräfin auszugeben, genug, er hat keinen Ball versäumt, auf dem Frau von Weylach war, und ist überall wie ein

Gespenst mit großen stieren Augen hinter ihr hergeschlichen, so daß die arme Frau oft darüber verlegen wurde. Sie bildet sich auch wirklich ein, er sei jetzt noch verliebt in sie, und ihr zu Gefallen in den Wald hinausgegangen. Sie hat es meinem Vater gestern erzählt. Melden Sie ihm das, vielleicht bringt es ihn zu uns zurück und wir können uns zusammen wieder weidlich lustig über ihn machen. Er muß recht gesund geworden sein auf dem Lande. Ich wünscht' ihn doch wieder zu sehen.

Fünfter Brief

Rothe an Herz

Aber, Herz, bist Du nicht ein Narr, und zwar einer von den gefährlichen, die, wie Shakespeare sagt, für ihre Narrheit immer eine Entschuldigung wissen und folglich unheilbar sind. Ich habe Dir aus Fräulein Schatouilleusens Brief begreiflich gemacht, daß Dein ganzer Troß von Phantasei irregegangen wäre, daß Du eine andere für Deine Gräfin angesehen hättest, und Du willst doch noch nicht aus Deinem Trotzwinkel zu uns zurück. Du seist nicht in ihre Gestalt verliebt gewesen, sondern in ihren Geist, in ihren Charakter, Du könntest Dich geirrt haben, wenn Du zu dem eine andere Hülle aufgesucht hättest, aber der Grund Deiner Liebe bleibe immer derselbe und unerschütterlich. Solltest Du aber nicht wenigstens, da Du doch durchaus einer von denen sein willst, die mit Terenz

insanire cum ratione volunt

durch Abschilderung dieses Charakters, dieses Geistes das Abenteuerliche Deiner Leidenschaft bei Deinem Freunde zu rechtfertigen suchen? Vielleicht könntest Du hierin ebensowohl eines Irrtums überwiesen werden, als in jenem, und dafür scheint es, ist Dir bange.

Alle Deine Talente in eine Einsiedelei zu begraben – Und was sollen diese Schwärmereien endlich für ein Ende nehmen? Höre mich, Herz, ich gelte ein wenig bei den Frauenzimmern, und das bloß, weil ich leichtsinnig mit ihnen bin. Sobald ich in die hohen Empfindungen komme, ist's aus mit uns, sie verstehen mich nicht mehr, so wenig als ich sie, unsere Liebesgeschichten haben ein Ende. Ich schreibe Dir dies nicht, Dich in Deinem Vorhaben wankend zu machen, ich weiß, daß Du einen viel zu originellen Geist hast, um Deine Eigentümlichkeit aufgeben zu wollen, aber ich sage Dir nur, wie ich bin, ich klage Dir meine kleinen Empfindungen auf der Querpfeife, wie Du Deine auf dem Waldhorn. Siehst Du, so bin ich in einer beständigen Unruhe, die sich endlich in Ruhe und Wollust auflöst und dann mit einer reizenden Untreue wechselt. So wälze ich mich von Vergnügen auf Vergnügen, und da kommen mir Deine Briefe eben recht, unsern eingeschrumpften Gesellschaften Stoff zum Lachen zu geben. Es sticht alles so schrecklich mit unsrer Art zu lieben ab. Nun lebe wohl und besinne Dich einmal eines Bessern.

Rothe.

Sechster Brief

Herz an Rothe

Das einzige, was mir in Deinem letzten Briefe erträglich war, ist die Stelle, da Du eine Abschilderung von dem Charakter des Gegenstandes meiner einsamen Anbetung wünschtest, das übrige habe ich nicht gelesen. Zwar scheint auch in diesem Wunsch nur die Bosheit des Versuchers durch, der dadurch, daß er mein Geheimnis aus meinem Herzen über die Lippen lockt, mir dasselbe gern gleichgültiger machen möchte. Aber sei es, es soll Dir dennoch genug geschehen. Zwar weiß ich wohl, wie vielen Schaden ich ihr durch meine Beschreibungen tue, aber dennoch wirst Du, wenn Du klug bist und Seele hast, Dir aus meinem Gestotter ein Bild zusammensetzen können.

Denke Dir alles, was Du Dir denken kannst, und Du hast nie zu viel gedacht – doch nein, was kannst Du denken? Die Erziehung einer Fürstin, das selbstschöpferische Genie eines Dichters, das gute Herz eines Kindes, kurzum alles, alles beisammen, und alle Deine Mühe ist dennoch vergeblich, und alle meine Beschreibungen abgeschmackt. So viel allein kann ich Dir sagen, daß Jung und Alt, Groß und Klein, Vornehm und Gering, Gelehrt und Ungelehrt, sich herzlich wohl befinden, wenn sie bei ihr sind, und jedem plötzlich anders wird, wenn sie mit ihm redt, weil ihr Verstand in das Innerste eines jeden zu dringen, und ihr Herz für jede Lage seines Herzens ein Erleichterungsmittel weiß. Alles das leuchtet aus ihren Briefen, die ich gelesen habe, die ich bei mir habe und auf meinem bloßen Herzen trage. Sieh, es lebt und atmet darinnen eine solche Jugend, so viel Scherz und Liebe und Freude, und ist doch so tiefer Ernst, die Grundlage von alledem, so göttlicher Ernst – der eine ganze Welt beglücken möchte!

Siebenter Brief

Rothens Antwort

Dein Brief trägt die offenbaren Zeichen des Wahnsinns, würde ein andrer sagen, mir aber, der ich Dir ein für allemal durch die Finger sehe, ist er unendlich lieb. Du bist einmal zum Narren geboren, und wenigstens hast Du doch so viel Verstand, es mit einer guten Art zu sein.

Ich lebe glücklich wie ein Poet, das will bei mir mehr sagen, als glücklich wie ein König. Man nötigt mich überall hin und ich bin überall willkommen, weil ich mich überall hinzupassen und aus allem Vorteil zu ziehen weiß. Das letzte muß aber durchaus sein, sonst geht das erste nicht. Die Selbstliebe ist immer das, was uns die Kraft zu den andern Tugenden geben muß, merke Dir das, mein menschenliebiger Don Quischotte! Du magst nun bei diesem Wort die Augen verdrehen, wie Du willst, selbst die heftigste Leidenschaft muß der Selbstliebe untergeordnet sein, oder sie verfällt ins Abgeschmackte und wird endlich sich selbst beschwerlich.

Ich war heut in einem kleinen Familienkonzert, das nun vollkommen elend war und in dem Du Dich sehr übel würdest befunden haben. Das Orchester bestand aus Liebhabern, die sich Taktschnitzer, Dissonanzen und alles erlaubten und Hausherr und Kinder, die nichts von der Musik verstunden, spähten doch auf unsern Gesichtern nach den Mienen des Beifalls, die wir ihnen reichlich zumaßen, um den guten Leuten die Kosten nicht reu zu machen. Nicht wahr, das würde Dir eine Folter gewesen sein, Kleiner? besonders da seine Töchter mit den noch nicht ausgeschrienen Singstimmen mehr kreischend als singend uns die Ohren zerschnitten. Da in laute Aufwallungen des Entzückens auszubrechen und bravo, bravissimo zu rufen, das war die Kunst – und weißt Du, womit ich mich entschädigte? Die Tochter war ein freundlich rosenwangigtes Mädchen, das mich für jede Schmeichelei, für jede herzlichfalsche Lobeserhebung mit einem feurigen Blick bezahlte, mir auch oft dafür die Hand und wohl gar gegen ihr Herz drückte, das hieß doch wahrlich gut gekauft. Ich weiß, Du knirschest die Zähne zusammen, aber mein Epikureismus führt doch wahrhaftig weiter, als Dein tolles Streben nach Luft- und Hirngespinsten. Ich weiß, das Mädchen denkt doch heute den ganzen Abend mit Vergnügen an mich, warum soll ich ihr die Freude nicht gönnen, daß sie sich mit den Gedanken an mich zu Bette legt.

Willst Du's auch so gut haben, komm zu uns, ich will gern die zweite Rolle spielen, wenn ich Dich nur zum brauchbaren Menschen machen kann. Was fehlte Dir bei uns? Du hattest Dein mäßiges Einkommen, das zu Deinen kleinen Ausgaben hinreichte, Du hattest Freunde, die Dich ohne Absichten liebten, ein Glück, das sich Könige wünschen möchten, Du hattest Mädchen, die an kleinen Netzen für Dein Herz webten, in denen Du Dich nur so weit verstricktest, als sie Dir behaglich waren, hernach flogst Du wieder davon und sie hatten die Mühe, Dir neue zu weben. Was fehlte Dir bei uns? Liebe und Freundschaft vereinigten sich, Dich glücklich zu machen, Du schrittst über alles das hinaus in das furchtbare Schlaraffenland verwilderter Ideen!

Nichts lieblicher als die Eheknoten, die für mich geschlungen werden und an denen ich mit solcher Artigkeit unten weg zu schleichen weiß. Denk, was für ein Aufwand von Reizungen bei alle den Geschichten um mich her ist, welch eine Menge Charaktere sich mir entwickeln, wie künstliche Rollen um mich angelegt und wie meisterhaft sie gespielt werden. Das ergötzt meinen innern Sinn unendlich, besonders weil ich zum voraus weiß, daß sich die Leute alle an mir betrügen, um mir hernach doch nicht einmal ein böses Wort darum geben dürfen. So gut würde Dir's auch werden, wenn Du mir folgtest; wäre doch besser, unter blühenden und glühenden Mädchen in Scherz und Freude und Liebkosungen sich herumzuwälzen, als unter deinen glasierten Bäumen auf der gefrornen Erde. Was meinst Du, Herz? Lachst Du? Narr, wenn Du lachen kannst, so ist alles gewonnen.

Achter Brief

Antwort Herzens an Rothen

Deine Briefe gefallen mir immer mehr und mehr, obschon ich Deine Ratschläge immer mehr und mehr verabscheue, und das bloß, weil der Ton in denselben mit dem meinigen so absticht, daß er das verdrüßliche Einerlei meines Kummers auf eine pikante Art unterbricht. Fahre fort, mir mehr zu schreiben, es ist mir alles lieb, was von Dir kommt, sollte mir's auch noch so viel Galle machen.

Sei glücklich unter Deinen leichten Geschöpfen, und laß mir meine Hirngespinste. Ich erlaub es euch sogar, über mich zu lachen, wenn euch das wohltun kann. Ich, lache nicht, aber ich bin glücklicher als ihr, ich weide mich zuweilen an einer Träne, die mir das süße Gefühl des Mitleids mit mir selbst auf die Wange bringt. Es ist wahr, daß ich alles hier begrabe, aber eben in dieser Aufopferung findt mein Herz eine Größe, die ihm wieder Luft macht, wenn seine Leiden zu schwer werden. Niemanden im Wege – welch eine erhabene Idee! ich will niemanden in Anspruch nehmen, niemand auch nur einen Gedanken kosten, der die Reihe seiner angenehmen Vorstellungen unterbricht. Nur Freiheit will ich haben, zu lieben, was ich will, und so stark und dauerhaft, als es mir gefällt. Hier ist mein Wahlspruch, den ich in die Rindentüre meiner Hütte eingegraben:

Du nicht glücklich, kümmernd Herz?
Was für Recht hast du zum Schmerz?
Ist's nicht Glück genug für dich,
Daß sie da ist, da für sich?

Neunter Brief

Rothe an Herz

Wenn wir uns lange so fortschreiben, so geraten wir beide in eine Geschwätzigkeit, die zu nichts führt. Du willst unterhalten sein und ich kann und mag Dich nicht unterhalten. Alles was ich Dir schrieb, war, um Dich zurückzubringen, willst Du nicht, so laß bleiben, kurz und gut. Alle Deine Klagen und Leiden und Possen helfen Dir bei uns zu nichts, wir Deine wahren Freunde und Freundinnen und alle Vernünftigen – verzeih mir's, was können wir anders tun – lachen darüber – ja lachen entweder Dich aus der Haut und der Welt hinaus – oder wieder in unsre bunten Kränzchen zurück.

Du tätest also besser, wenn Du mir nicht mehr schriebest. Ich komme nicht zu Dir, das hab ich verschworen. Aber ich erwarte Dich bei mir, wenn Du mich wieder einmal zu sehen Lust hast.

Rothe.

Die Antwort auf diesen Brief blieb aus.

Zehnter Brief

Honesta an den Pfarrer Claudius,
einen ihrer Verwandten auf dem Lande

Wissen Sie auch wohl, daß wir hier einen neuen Werther haben, noch wohl schlimmer als das, einen Idris, der es in der ganzen Strenge des Worts ist, und zu der Nische, die Herr Wieland seinem Helden am Ende leer gelassen hat, mit aller Gewalt ein lebendes Bild sucht. Kurz, es ist der junge Herz, den Sie bisweilen in unserm Hause müssen gesehen haben, er war sehr einschmeichelnd beim Frauenzimmer, aber immer in seinen Ausdrücken etwas romantisch, welches mir um soviel besser gefiel. Er hat im ganzen Ernst seine Bedienung niedergelegt, und ist in den Odenwald gegangen und Einsiedler geworden. Jedermann redt davon und bedaurt das Unheil, das solche Schriften anrichten. Ich aber behaupte, daß der Grund davon in seinem Herzen liegt, und daß er auch ohne Werther und Idris das geworden wäre, was er ist.

Die Person, die er liebt, ist eine Gräfin, die in der Tat ein rechtes Muster aller Vollkommenheiten ist, wie man sie mir beschrieben hat. Sie tanzt wie ein Engel, zeichnet, malt nach dem Leben, spricht alle Sprachen, ist mit jedermann freundlich und liebreich, kurz, sie verdient es wohl, daß eine Mannsperson um sie den Kopf verliert. Alle ihre Stunden sollen so eingeteilt sein, daß sie niemalen müßig ist, sie unterhält allein eine Korrespondenz, wozu mancher Staatsminister nicht Sekretärs genug finden würde, und die Briefe schreibt sie alle während der Zeit, da sie frisiert wird, auf der Hand, damit sie ihr von ihren übrigen Beschäftigungen nicht Zeit wegnehmen. Es muß ein liebes Geschöpf sein, sie soll von dem Unglück des armen Herz gehört haben, und darüber untröstlich sein, denn sie hat ein Gemüt, das nicht gern ein Kind beleidigen möchte. Er hat einige von ihren Briefen in die Hände bekommen, die sie während ihres Aufenthalts auf dem Lande an die Witwe Hohl hier geschrieben hatte. Sie wissen doch die Witwe Hohl in der Laubacherstraße in dem großen roten Hause. Herz soll bei ihr logiert haben. Das seltsamste ist, daß er seinen Abgott noch nicht von Person kennt, obschon er alles angewandt, sie zu sehen zu kriegen. Er hat eine andere für sie angesehen und also eine ganz falsche Vorstellung von ihr in seine Zelle mitgenommen.

Die Fräulein Schatouilleuse kennt die Gräfin auch, weil sie oft in ihr Haus kommt, will aber nicht viel Gutes von ihr sagen. Sie meint, sie affektiere entsetzlich, nun ist das ganz natürlich, weil ihre Art zu denken von jener ihrer himmelweit unterschieden sein muß.

Man sagt, die Gräfin wolle an den armen Herz schreiben, um ihn vielleicht wieder zurecht zu bringen. Ich habe nicht Zeit, Ihnen mehr zu sagen, obgleich ich sonst so ungern weiß Papier übriglasse. Unser Haus ist voll Fremde, die zur Ostermesse gekommen sind. Wenn Sie doch auch auf einige Tage herein könnten. Der wunderliche Herr Hokum ist auch da.

Honesta.

Eilfter Brief

Herz an Rothen

Ich bin untröstlich, daß meine Einsiedlerei eine Fabel der Stadt wird. Gestern sind eine Menge Leute aus ** hier gewesen, die mich sehen und sprechen wollten, und mir einigemal zwar unter vielen andern den Namen derjenigen genannt haben, die ich den Wänden meiner Hütte und den leblosen Bäumen kaum zu nennen das Herz habe. Sollte etwas davon laut geworden sein, und durch Dich, Verräter? Du weißt allein, wer es ist, und wieviel mir daran gelegen, daß ihr Name auf den Lippen der Unheiligen nicht in meiner Gesellschaft ausgesprochen werde.

Auf diesen Brief erfolgte keine Antwort.

Zwölfter Brief

Ich schreibe Dir dieses, obschon Du's nicht verdienst. Aber ich kann nicht, ich kann die Freude über alle mein Glück nicht bei mir behalten. Und da ich sonst gewohnt war, mein Herz gegen Dich zu öffnen –

Wisse alles, Rothe, sie kennt mich, sie weiß, daß ich um ihrentwillen hier bin, wer muß ihr das gesagt haben?

Gestern konnt' ich's fast nicht aushalten in meiner Hütte. Alles war versteinert um mich, und ich habe die Kälte in der härtesten Jahrszeit in meinem Vaterlande selbst nicht so unmitleidig gefunden. Ich nahm mir das Eis aus den Haaren, und es war mir nicht möglich, Feuer anzumachen; ich mußte also ziemlich spät ins Dorf hinabgehen, mich zu wärmen.

Stelle Dir das Entzücken, die Flamme vom Himmel vor, die meine ausgequälte Seele durchfuhr, als ich auf einmal Fakkeln vor einem Schlitten auf mich zu kommen und bei deren Schein die Liverei meiner angebeteten Gräfin sah. Ich hielt sie dafür, ich betrog mich nicht. Sie war es, sie war es selbst, nicht die, die ich auf dem Ball gesehen, aber mein Herz sagte mir's, daß sie es sei, denn als sie mich sah, sie sah scharf heraus, hielt sie den Muff vor das Gesicht, um die Bewegungen ihres Herzens zu verbergen. Und wie groß, wie sprachlos war meine Freude, als ich hernach im Dorf hörte, sie habe sich durch ihre Bedienten nach einem gewissen Waldbruder erkundigen lassen, der hier in der Nähe wohnte.

Ich, so lebhaft gegenwärtig in ihrem Andenken – und in dieser Kälte kam sie heraus, mich zu sehen – wenn es auch nur Spazierfahrt war, wie glücklich, daß meine Hütte sie auf diesen Weg locken mußte – vielleicht kann ich sie noch einmal sehen und sprechen. – Rothe! Gibt's eine höhere Aussicht für menschliche Wünsche?

Brief

der Gräfin Stella an Herz

Mein Herr! ich habe Ihren Zustand erfahren, er dauert mich. Von ganzem Herzen wünschte ich Unmöglichkeiten möglich zu machen. Indessen kommen Sie nach der Stadt, und wenn Ihnen damit ein Gefallen geschehen kann, mich zu sehen und zu sprechen, wie Herr Rothe mir versichert hat, so hoffe ich, es soll sich bei Ihrer Freundin, der Witwe Hohl, schon Gelegenheit dazu finden.

Stella.

Zweiter Teil

Erster Brief

Herz an Rothen,

der in Geschäften nach Braunsberg gereist war

Da bin ich wieder, mein Wohltäter! in allem Rosenschimmer des Glücks und der Freude. Rothe! Rothe! was bist Du für ein Mensch. Wie hoch über den Gesichtskreis meines Danks hinaus! Ich habe auch nicht Zeit, das alles durchzudenken, wie

Du mich geschraubt und geschraubt hast, mich wieder herzukriegen, mich über alle Hoffnung glücklich zu machen – ich kann's nur fühlen und schaudern, indem ich Dir in Gedanken Deine Hände drücke. Ja ich habe sie gesehen, ich habe sie gesprochen – Dieser Augenblick war der erste, da ich fühlte, daß das Leben ein Gut sei. Ja ich habe ihr vorgestammelt, was zu sagen ich Ewigkeiten gebraucht haben würde, und sie hat mein unzusammenhängendes Gewäsch verstanden. Die Witwe Hohl, Du kennst die Plauderin, glaubte allein zu sprechen, und doch waren wir es, wir allein, die, obgleich stumm, uns allein sprechen hörten. Das läßt sich nicht ausdrücken. Alles was sie sagte, war an die Witwe Hohl gerichtet, alles was ich sagte, gleichfalls und doch verstand die Witwe Hohl kein Wort davon. Ich bekam nur Seitenblicke von ihr, und sie sah meine Augen immer auf den Boden geheftet und doch begegneten unsere Blicke einander und sprachen ins Innerste unsers Herzens, was keine menschliche Sprache wird ausdrücken können. Ach als sie so auf einmal das Gesicht gegen das Fenster wandte, und indem sie den Himmel ansah, alle Wünsche ihrer Seele auf ihrem Gesicht erschienen – laß mich, Rothe, ich entweihe alles dies durch meine Umschreibungen.

Zweiter Brief

Nun ist es wunderbar, welch einen hohen Platz die Witwe Hohl in meinem Herzen einnimmt. Du weißt, welch eine Megäre von Angesicht sie ist, und doch kann ich mich in keiner einzigen Frauenzimmergesellschaft so wohl befinden als in ihrer. Ich verschwende Liebkosungen auf Liebkosungen an sie, und das nicht aus Politik, sondern aus wahrer herzlicher Ergebenheit, denn es scheint mir, daß sie wie Moses von dem Gesicht meiner Göttin einen gewissen Schimmer erhalten hat, der sie um und um zur Heiligen macht. Alle ihre Handlungen scheinen mir Abschattungen von den

Handlungen meiner Gräfin, alle ihre Worte Nachhälle von den ihrigen. Wenn sie von ihr redt, bekommt auch in der Tat ihr Medusenkopf gefälligere Mienen, eine gewisse himmlische Heiterkeit blitzt aus ihren Augen und ihre Reden erhalten alle eine gewisse Melodie in ihrem Munde, über die sie sich selbst zu wundern scheint. Sie redt deswegen gern von ihr. Und wer ist glücklicher dabei als ich? Zugleich habe ich an ihr gemerkt, daß sie keine gemeine Gabe des Vortrages hat. Besonders kann sie einen Charakter mit wahrer poetischer Kraft darstellen. Es scheint mir, daß Frauenzimmer ihrer Art immer dadurch vor den schönen und artigen gewinnen, daß sie in einer gewissen Entfernung von den Leuten abstehen, die ihren Gesichtspunkt, aus dem sie sie auffassen, immer unendlich richtiger macht. Sie sehen alles ganz, was andere nur halb sehen. Kurzum, ich liebe sie, diese Olinde.

Dritter Brief

O Rothe! hundertmal fällt mir die Frau ein, die in einer katholischen Kirche gesessen, wo sie von der lateinischen Predigt kein Wort verstand, außer einem gewissen Namen, der ihre Andacht erhielt, und dem zu Gefallen sie allein in die Kirche kam.

Du weißt, daß ich, um mich hier zu erhalten, weil ich meinen Dienst niedergelegt, den ganzen Tag informieren muß. Es mattet mich ein wenig ab, allen den verschiedenen Köpfen auf so verschiedene Art faßlich zu werden. Den Abend geh ich zur Erholung zur Witwe Hohl hinauf und wenn ich auch weiter nichts als den Namen einer gewissen Person aussprechen höre, so ist mir doch gleich wieder so wohl und kann mich so vergnügt zu Bette legen.

Vierter Brief

Ich sehe, ich sehe, daß sich die Witwe Hohl an mir betrügt. Aber laß sie, es ist ihr doch auch wohl dabei, und da es in meinem Vermögen nicht steht, einen Menschen auf der Welt durch Handlungen glücklich zu machen, so soll es mich wenigstens freuen, eine Person, die auf dieser Art der Glückseligkeit in der Welt schon Verzicht getan hatte, wenigstens durch ihre eigene Phantaseien glücklich gemacht zu haben. Unter uns, sie glaubt in der Tat, ich liebe sie. Noch mehr, auch andere Leute glauben's, weil ich ihr so standhaft den Hof mache. Ich liebe sie auch wirklich, aber nicht wie sie geliebt sein will.

Es wird mir fast zu lange, daß ich die Gräfin nicht sehe. Nirgends, nirgends ist sie anzutreffen. Und die ewige Sisyphus-Arbeit meiner täglichen Arbeiten ohne die mindeste Freude und Erholung ermattet sehr. Wenn ich nur durch alle meine Mühe noch was ausrichtete. Ich zerarbeite mich an Leuten, die träger als Steine sind und die, was das schlimmste ist, mich mit den bittersten Vorwürfen kränken, daß sie bei mir nicht weiterkommen können. Witwe Hohl spricht auch kein Wort von der Gräfin mehr.

Fünfter Brief

Fräulein Schatouilleuse an Rothen

Was T–, machen Sie denn so lange auf dem Lande, das ist ja nicht auszuhalten. Ihr Herz, den kriegt ja kein Mensch zu sehen, noch zu genießen, den hat die Witwe Hohl vermutlich an ihrem Bettstollen angebunden. Es ist doch schändlich, daß der Mensch ihr so hündisch getreu ist, da sie ihn offenbarlich hintergeht.

Wissen Sie auch was Neues, Rothe, recht was Neues, daß die Gräfin Stella Braut ist und das mit einem garstigen alten

Mann, der aber viel Geld hat. Diese Nachricht, versichert, wird Herrn Herzen übel schmecken. Wenn er sie nur nicht gar zu plump erfährt, ich glaube, er erschießt sich.

Wissen Sie mir nicht zu sagen, ob man in Braunsberg gute weiche Flockseide bekommt? Und was dort die Chinesischen Blumen gelten. Bringen Sie mir welche mit, die Leute hier sind judenmäßig teuer.

Sechster Brief

Herz an Rothen

Bruder! es ist etwas auf dem Tapet, ich bin der glücklichste unter allen Sterblichen. Die Gräfin – kaum kann ich es meinen Ohren und Augen glauben – sie will sich mir malen lassen. O unbegreiflicher Himmel! wie väterlich sorgst du für ein verlaßnes verlornes Geschöpf. Meine letzten harrenden und strebenden Kräfte waren schon ermattet, ich erlag – ich richte mich wieder auf, ich stehe, ich eile, ich fliege – fliege meinen großen Hoffnungen entgegen.

Siebenter Brief

Witwe Hohl an die Gräfin Stella

Ich habe endlich ein Mittel ausfindig gemacht, liebe Gräfin, das Bild, das Sie Herrn Rothen in seine Sammlung von Gemälden versprochen haben, ihm ohne daß es ein Mensch auf der Welt merkt für wen, zu verschaffen. Mein Freund Herz ist in genauer Verbindung mit einem hiesigen Maler, dieser soll, als ob ich ihn heimlich durch Herzen hätte bestellen lassen, Sie unvermutet auf meinem Zimmer überraschen, Sie müssen sich ein wenig erschrocken stellen, ich bitte Sie sodann um Verzeihung und sage, weil Sie bald weg von hier zu reisen gedächten, hätt' ich mir die Gelegenheit zunutz machen wollen, bei Ihrem letzten Besuch wenigstens Ihr Bild auf der Stube zu behalten. Herz hat mir alles dies selbst so angegeben, und Sie können sich auf ihn verlassen, daß er alles so beim Maler einrichten wird, daß Sie auf keine Weise dadurch kompromittiert werden.

Achter Brief

Herz an Rothen

Eben erhalte ich einen wunderbaren Brief von einem Obristen in hessischen Diensten, der ehmals mit mir in Leipzig zusammen studiert hat, und mir die Stelle als Adjutant bei ihm anträgt, wenn ich ihn nach Amerika begleiten will. Wie, Rothe! dieser Sprung aus dem Schulmeisterleben auf die erste Staffel der Leiter der Ehre und des Glücks, der Himmelsleiter, auf der ich alle meine Wünsche zu ersteigen hoffe. Was sagst Du dazu? Und ihr Bild nehme ich mit. Mit diesem Talisman in tausend bloße Bajonetter zu stürzen – Ha, Rothe, daß Du fühlen könntest, wie mir das Herz schlägt! Künftige Woche läßt sie sich malen. O die großen Akkorde des Schicksals, des göttlichgütigen Schicksals, dem wir in den umwölkten Stunden durch unsere Verwünschungen soviel Unrecht tun. Hörst Du sie nicht auch? segnest Du sie nicht auch? Wie sich alles, alles vereinigt, alles vereinigen muß – Warum antwortest Du mir denn nicht?

Neunter Brief

Rothe an den Obristen von Plettenberg

Hier überschick ich Ihnen, mein Gönner! einen mir auf mein Gewissen anvertrauten Brief Ihrer Gräfin Nichte. Es deucht mir, er enthalte eine nochmalige Vorbitte für den armen Herz, für dessen Schicksal in Amerika ihr bange ist. Er ist in der Tat nicht zum Soldaten gemacht, so sehr er sich's zu sein einbildet. Wäre es nicht möglich, daß Sie ihn dem Kurfürsten zu ** empfehlen könnten, zu der erledigten Hofjunkerstelle. Ich werde ihn Ihnen selber nach Zelle bringen und über verschiedene Umstände seines Herkommens und seiner bisherigen Schicksale Ihnen mündlich nähere Aufschlüsse geben.

Zehnter Brief

Herz an Rothe

Ewige Wonne ruhe auf diesem Tage und unter dem Schimmer des rosenlächelnden Himmels müssen sich an demselben zwo große Seelen, die das unerbittliche Schicksal lang voneinander trennte, im höchsten Taumel der Liebe küssen.

Laß mich zu mir selber kommen, Rothe, ich kann nicht reden – kann die Gefühle nicht ausdrücken – aber wenn es je Entzücken auf Erden gibt, so war es das. Sie wiederzusehn – nach so langem Schmachten – so wiederzusehn – siehst Du, alle die Wonne schneidt mir ins Herz, ich sitze da, halb ohne Atem, alle meine Pulse hüpfen, zittern für Freude und eine wollüstige Träne über die andere stürzt sich aus meinen Augen herab.

Die Geschichte dieses Tages – daß Du doch das alles nicht gesehen hast! Wie kann ich's erzählen? Ich kam mit dem Maler. Nein, ich schickte den Maler voraus und nach einem Weilchen kam ich nach. Sie saß ihm schon – saß da in aller ihrer Herrlichkeit – und ich konnte mich ihr gegenüberstellen und mit nimmersatten Blicken Reiz für Reiz, Bewegung für Bewegung einsaugen. Das war ein Spiel der Farben und Mienen! Wenn der Himmel mir in dem Augenblick aufgetan würde, könnt' er mir nichts Schöners weisen. Das Vergnügen funkelte aus ihren Augen, o welch eine elysische Jugend blühend und düftend auf ihren Wangen, ihr Lächeln zauberte mir die Seele aus dem Körper in das weite Land grenzenloser Chimären. Und ihr Busen, auf dem sich mein ehrfurchtsvoller Blick nicht zu verweilen getraute, den Güte und Mitleid mir entgegenhob – Bruder, ich möchte den ganzen Tag auf meinem Angesicht liegen, und danken, danken, danken –

Eilfter Brief

Herz an Rothen

Welch ein schreckliches Ungewitter hat diesen himmlischen Sonnenschein abgelöst! Rothe, ich weiß nicht, ob ich noch lebe, ob ich noch da bin oder ob alles dies nur ein beängstigender Traum ist. Auch Du ein Verräter – nein, es kann nicht sein. Mein Herz weigert sich, die schrecklichen Vorspiegelungen meiner Einbildungskraft zu glauben und doch kann ich mich deren nicht erwehren. Auch Du, Rothe – nimmermehr!

Schick mir das Bild zurück, oder ich endige schrecklich. Du mußt es nun haben, dieses Bild, und mit blutiger Faust werde ich's zurückzufodern wissen, wenn Du mir's nicht in gutem gibst.

Dein Stillschweigen, Dein geheimnisvolles Wesen gegen mich – gegen mich, Rothe – bedenke, was das sagen will – nein doch, ich kann es, kann es nicht glauben. Du kannst Dich eines so schwarzen Complots nicht schuldig gemacht haben.

Ich will Dir alles erzählen, aber ich fodere von Dir, daß Du mir Aufrichtigkeit mit Aufrichtigkeit belohnst.

Ich flog den Nachmittag, sobald meine Informationen vorbei waren, zur Witwe Hohl hinauf – kannst Du Dir vorstellen, mit welchen Empfindungen? Ich wollte ihre beide Hände unbeweglich an meine Lippen drücken, mich auf die Knie vor ihr werfen, und ihr mit Blicken und Tränen für alle das Vergnügen danken, das sie mir den Vormittag verschafft hatte. Aber Gott! wie ward mir das versalzen? Ich fand sie – zu Bette. Mit der wahren Stimme einer Verzweifelnden redte sie mich an: »Unglücklicher, fort von mir! was wollt Ihr bei mir« – »Was ist Ihnen, beste Witwe Hohl« – »Seht da Euer Werk, Verräter« – »Ich schuld an Ihrer Krankheit« – »Ja schuld an meinem Tode« – »Wodurch« – »Fragt Euer Herz, Bösewicht!«

Ich war für Wut außer mir, ich fing an zu bitten, ich fing an zu schmeicheln, zu weinen, zu schwören – Welche grausame Verwirrungen hatte unser Mißverstand angerichtet, oder vielmehr meine Nachlässigkeit, sie eher aus ihrem Irrtum zu reißen. Sie war über mein Betragen den Vormittag eifersüchtig geworden – sie eifersüchtig – nie hatte ich mir das träumen lassen. Hätte sie doch nur einmal während der ganzen Zeit unserer Bekanntschaft in den Spiegel gesehen, wieviel Leiden hätte sie sich ersparen können! Indessen, der Mensch sucht seine ganze Glückseligkeit im Selbstbetrug. Vielleicht betrüge ich mich auch. Sei es was es wolle, ich will das Bild wieder haben, oder ich bringe mich um. – Nun kommt das Schlimmste erst. Ich hatte ihr gesagt, ich würde Dir das Bild zuschicken, weil ich wirklich glaubte, die Gräfin hätte vielleicht gewünscht, daß Du es auch vorher sehen solltest, eh' ich's nach Amerika mitnähme. Jetzt sagte sie mir, daß ich die Gräfin aufs grausamste und unverzeihlichste beleidigen würde, wenn ich ihr nicht mit einem Eide verspräche, Dir das Bild zuzuschicken und es nimmer wiederzufodern – »Es nimmer wiederzufodern«, sagte ich, »wie können Sie das verlangen« – »Ja das verlange ich«, sagte sie, »und zwar auf Ordre der Gräfin, denn das erste ist schon geschehen.«

Nun stelle Dir vor, sie hatte während meiner Abwesenheit mein Zimmer vom Hausherrn aufmachen lassen, und das Bild herausgenommen. Ich hatte mir vorgesetzt, davon eine Kopei nehmen zu lassen und sie Dir zuzusenden, das Original aber für mich zu behalten, weil des Malers Hand dabei sichtbarlich von einer unsichtbaren Macht geleitet ward und ich das, was die Künstler die göttliche Begeisterung nennen, wirklich da arbeiten gesehen habe – und nun – ich hätte sie mit Zähnen zerreißen mögen – alles fort – – Rothe, das Bild wieder, oder den Tod!

Dazu kommt noch, daß ich übermorgen reisen soll. Ich wünschte, ich könnte Dich abwarten. Schick nur, wenn Du selbst nicht kommen kannst, das Bild an Fernand, der weiß meine Adresse. O mein Herz ist in einem Aufruhr, der sich nicht beschreiben läßt.

Was für Ursachen konnte die Gräfin haben, das Bild Dir malen zu lassen? – Nein, es ist ein Einfall der Witwe Hohl. Antworte mir doch.

Herz.

Dritter Teil

Erster Brief

Honesta an den Pfarrer Claudius

Sie wollen das Schicksal des armen Herz wissen und was ihn zu einem so schleunigen und seltsamen Entschluß, als der ist, nach Amerika zu gehen, hat bewegen können. Lieber Pfarrer, um das zu beantworten, muß ich wieder zurückgehn und eine ziemlich weitläuftige Erzählung anfangen, die mir, da ich so gern Briefe schreibe, ein sehr angenehmer Zeitvertreib ist.

Ich habe seitdem vollständigere Nachrichten eingezogen von Herzens erster Bekanntschaft mit der Witwe Hohl, von der unglücklichen Leidenschaft, die er für die Gräfin Stella faßte, von den Ursachen, die alle zusammentrafen, diese Leidenschaft zu unterhalten, welches bei jedem vernünftigen Menschen sonst unbegreiflich sein würde, da die Gräfin nicht allein so weit über seinen Stand erhaben, sondern auch seit fünf Jahren schon eine Braut mit einem gewissen Obersten

Plettenberg ist, der schon eine Campagne wider die Kolonisten in Amerika mitgemacht hat, bloß damit er Gelegenheit habe, sich bis zum General oder Generallieutnant zu bringen, weil er sonst nicht wagen darf, bei dem Vater der Gräfin um sie anzuhalten. Heimlich ist aber unter ihr und ihren Verwandten alles mit ihm schon ausgemacht. – Alle diese Nachrichten sollen Ihnen den Schlüssel zu Herzens wunderbarem Charakter und Handlungen geben.

Diese Geschichte ist aber so wie das ganze Leben Herzens ein solch unerträgliches Gemisch von Helldunkel, daß ich sie Ihnen ohne innige Ärgernis nicht schreiben kann. Kein Zustand der Seele ist mir fataler, als wenn ich lachen und weinen zugleich muß, Sie wissen, ich will alles ganz haben, entweder erhabene Melancholei oder ausgelassene Lustigkeit – indessen ist es nun einmal so und ich kann mir nicht helfen.

Die Witwe Hohl – Sie kennen die Witwe Hohl und ich brauche Ihnen ihre Häßlichkeit nicht zu beschreiben, doch wenn Sie sich nicht mehr auf ihr Gesicht erinnern sollten, sie hat eingefallene Augen, den Mund auf die Seite verzogen, der ein wahres Grab ist, das, wenn sie ihn öffnet, Totenbeine weist, eine eingefallene Nase, kurz alles was häßlich und schrecklich in der Natur ist – hier lassen Sie mich aufstehn und abbrechen, die Beschreibung hat mich angegriffen, besonders wenn ich bedenke, daß der delikate, der fein organisierte Herz in sie verliebt war –

Zweiter Brief

Die Witwe Hohl ist eine Person von vielem Vermögen, und was Sie mir nicht glauben werden, von einem außerordentlichen Verstande.

Sie können dies nur daraus sehen, daß sie wirklich den Plan gemacht, dem jungen feinen scharfsichtigen Herz sein Herz zu entführen, und daß sie diesen Plan – welches mir das unbegreiflichste ist – ausgeführt hat. Ich weiß nicht, durch welche

Zaubermittel sie ihn in ihr Haus zu locken gewußt hat. Ich stelle mir's so vor, sie war in der ganzen Stadt bekannt, daß sie eine große weitläuftige Korrespondenz mit Vornehmen und Gelehrten hat, die sie sich alle durch ihren Verstand verbindlich zu machen wußte. Herz, der immer ein Narr auf Charaktere war und in der wirklichen Welt sie aufzusuchen zuviel Ekel und Launen hatte, dachte hier einen reichen Fund zu tun, und – da sie für alle diese Korrespondenten zugleich immer Geschäfte machte – bei allen diesen Personen ihre Art sich zu benehmen, die verschiedenen Massen von Licht und Schatten, von Selbstliebe und Großmut, oder auch wohl, bei Leuten von geringerm Ton, von Geiz und Hochmut in ihrem Charakter hier gleichsam aus der ersten Hand zu haben. Nun kommt noch dazu, daß sie selbst eine ungemein große Gabe zu erzählen hat, sie weiß alle Gegenstände, die sie einmal sieht, gleich so zu fassen und vorzutragen, daß man sie auch zu sehen glaubt, kurz, als Herz das erstemal mit ihr in Gesellschaft war, wo sie denn gleich einige ihrer Briefe hervorgezogen, und von ihr hörte, daß sie ein Zimmer in ihrem Hause um einen sehr wohlfeilen Preis zu vermieten habe, zog er sogleich des folgenden Tages bei ihr ein, und nun war er für alle unsere Gesellschaften verloren.

Er kam alle drei Tage nur in unser Haus und tat dabei so frostig, daß wir ihn immer nur das Terzianfieber nannten. Zuletzt blieb er gar weg und wer dabei am wenigsten verlor, das waren wir. Jetzo erst, da ich von dem Herrn Rothe den wahren Zusammenhang seiner Verirrungen erfahren, fange ich an, ihn zu bedauren.

Stellen Sie sich vor, sie kramte die Briefe der Gräfin aus, die schon seit ihrer Kindheit mit ihr in großer Bekanntschaft steht und seit dieser Zeit her in ** alle Geschäfte durch sie hat machen lassen. Nun habe ich Ihnen die Gräfin Stella schon beschrieben, noch müssen Sie das wissen, sie schreibt wie ein Engel. Ich habe Briefe von ihr gesehen, sie weiß den allergeringsten Sachen so etwas Anzügliches zu geben, daß man sogar ihre kleinsten Kommissionen mit eben dem Interesse liest, als den wohlgeschriebensten Roman. Mein Herz war hin, als er immer weiter in dieses Heiligtum trat, Brief für Brief dieser Charakter sich immer herrlicher ihm entwickelte, denn es waren hier Briefe von den ersten Jahren ihres Lebens an und sie hatte nie geglaubt, gegen die Witwe Hohl im geringsten sich verstellen oder, was heutzutage so allgemein ist, repräsentieren zu dürfen.

Nun beging die Witwe die grausame List, Herzen ganz und gar zu verhehlen, daß die Gräfin mit irgend einer Mannsperson auf der Welt in Verbindungen des Herzens stehe. Alle die neueren Briefe, in denen etwas von Plettenberg vorkam, versteckte sie ihm sorgfältig, Herz, der von jeher, wie Sie wissen, vielleicht durch die Schicksale seiner Jugend, die sonderbar genug sein sollen, äußerst romantisch gestimmt war, glaubte es vielleicht möglich, daß er dies Herz wenigstens zur Freundschaft gegen ihn durch Zeit, Geduld und Sorgfalt stimmen könnte. Er faßte also den gigantischen Vorsatz, nicht abzulassen, bis er es durch die Witwe Hohl so weit gebracht, daß die Gräfin Stella wenigstens seine Freundin würde. Auf der andern Seite faßte die Witwe Hohl, die wohl einsah, daß Herz nur durch Reize der Seele gefesselt werden könnte und sich für die gewöhnlichen schönen und artigen Gesichte der Stadt zu gut hielt, gleichfalls den festen Vorsatz, nicht abzulassen, bis sie es durch die Briefe der Gräfin dahin gebracht, daß er sich ganz und gar an unsichtbare Vorzüge gewöhnte und wenn er sähe, daß seine Leidenschaft für die Gräfin eine bloße Chimäre sei, *sie* als ihre vertrauteste Freundin an ihre Stelle setzte. Sie behielt also die Nachricht von ihrer geheimen Verbindung mit Plettenberg als den Theaterstreich zurück, der die ganze Katastrophe entscheiden sollte. Ich fürchte sehr, das Stück könne eher tragisch als komisch endigen.

Nun ging das Drama von beiden Seiten an und die Rollen wurden meisterhaft abgespielt. Witwe Hohl redete immer von der Gräfin und zog dadurch Herzen immer fester an sich. Sie ließ sogar bei der Erzählung von den Jugendjahren derselben ihren ganzen Witz und ihr ganzes Herz mit all seinen Hoffnungen teilnehmen, welches ihren Augen so wie ihren Ausdrücken ein Feuer gab, das Herzen oft ganz bezauberte. Er trank das süße Gift begierig in sich, doch brauchte er die Vorsicht, bei alledem eine gewisse Kälte und Gleichgültigkeit zu affektieren und das, was die wütendste Leidenschaft in seinem Herzen war, als frostige Bewunderung einzukleiden, welches auf der andern Seite die Witwe Hohl an ihm bezauberte, die denn dadurch immer besser humorisiert, immer, daß ich so sagen mag, begeisterter wurde, so daß beiden nie besser zumut war, als wenn sie auf diese Materie kamen, und sie von allen Diskursen des gemeinen Lebens immer Gelegenheit zu finden wußten, dahin einzulenken. Dazu kam noch, daß diese Materie ein unvergleichlicher Probierstein ihres Witzes war, bei alledem ihren Zweck immer vor Augen zu behalten und mit unmerklichen, aber ihrer Meinung nach sehr festen und zuverlässigen Schritten ihren großen Staatsgefangenen demselben entgegenzuführen. Zu dem Ende ließ sie von Zeit zu Zeit einige nicht gar zu vorteilhafte Beschreibungen von dem Gesicht der Gräfin mit unterlaufen, sagte aber, alle diese kleinen Fehler würden von den Eigenschaften ihres Gemüts so verdunkelt – ich kann nicht schreiben, lieber Pfarrer, ich muß laut lachen, wenn ich mir das Gesicht der Witwe bei diesen Reden denke und die erstaunte und verlegene Miene, mit der Herz ihr muß zugehört haben.

Dritter Brief

Sie trieb es so weit, daß sie in ihren Briefen an die Gräfin von ihrer neuen Bekanntschaft mit Herzen redte oder vielmehr mit dieser neuen und seltenen Eroberung prahlte, da sie denn, wie natürlich, auf die Beschreibungen, die sie von seinem Charakter gemacht und die ausschweifend vorteilhaft waren, von der Gräfin auch für ihn sehr vorteilhafte Ausdrücke zur Antwort erhalten mußte. Sie hielt diese Kriegslist für notwendig, um das Feuer, das sie einmal in seinem Herzen angeblasen und das er aus Politik auf seinem Gesicht oft sehr trüb und dunkel brennen ließ, nicht auslöschen zu lassen. Wer war glücklicher als Herz? Er suchte in allen diesen Ausdrücken der ganz und gar unschuldigen Gräfin wahre Spuren dessen, was er für sie fühlte, und nun ging's mit seinem Verstande, Genie und Talenten Galopp berghinunter. Er hörte, sie sei zu den Winterlustbarkeiten in ** angekommen. Er lief überall wie ein Wahnwitziger herum, sie zu suchen, sie zu sehen, das Bild zu dieser unsichtbaren Gottheit zu finden, die er anbetete. Sie können sich vorstellen, daß er sich alles hat kosten lassen, und so mußte er bei seinem schmalzugeschnittenen Vermögen notwendigerweise in Schulden geraten. Endlich als ihm das Geld ausging und ihm niemand mehr borgen wollte, denn so viel Vernunft war ihm immer noch übriggeblieben, daß er sich, auch wenn's ihm das Leben gekostet hätte, nie um Geld an die Witwe Hohl wenden wollte, um ihr kein Recht über ihn zu geben, worauf sie nur lauerte – marschierte er aus der Stadt und in eine Einsiedelei, wo kein Mensch weiter von ihm hörte oder sah.

Rothe war hinter alles das gekommen. Er hat seit langer Zeit Zutritt in dem Hause der Gräfin, so wie er überhaupt hier in den besten Häusern hat, weil er von den Großen in wichtigen Geschäften mit Erfolg gebraucht wird und seine persönlichen Gaben seine Gesellschaft zu der angenehmsten von der Welt machen. Er versuchte alles, Herzen wieder in die Stadt zu bringen, da alles vergeblich war, wandte er sich an die Gräfin und erzählte ihr aufrichtig den Verlauf der Sache und die komplizierte Rolle, die die Witwe Hohl bei derselben gespielt. Die Gräfin, wie Sie sich leicht vorstellen können, war ganz innigstes tiefstes Bedauern für die Verirrung eines Menschen von so vielen Talenten, wie Rothe ihr den Herz beschrieb, und bat ihn, ihr ein Mittel an die Hand zu geben, ihn vielleicht zu heilen. Rothe wußte ihr kein bessers vorzuschlagen, als daß sie sich etwa für ihn malen ließe, damit er doch einige Entschädigung für seine getäuschten Hoffnungen hätte, und alsdenn wollten sie dafür sorgen, ihn zu entfernen und darüber mit Plettenberg selber korrespondieren, der von der ganzen Sache unterrichtet werden mußte, weil sie schon eine Fabel in der Stadt geworden war. Das geschah, Plettenberg schlug vor, ihn nach Amerika mitzunehmen, um gegen die Kolonisten zu dienen. Das wunderbarste war, daß Plettenberg ihn schon ehmals auf der Akademie gekannt und daselbst viel Freundschaft für ihn gefaßt hatte. Er trug ihm also die Stelle als Adjutant bei seinem Regiment an, die denn auch Herz mit beiden Händen annahm, weil er glaubte, dies sei die Laufbahn, an deren Ziel Stella mit Rosen umkränzt ihm den Lorbeer um seine Schläfe winden würde.

Sie hatten zugleich den Plan gemacht, dem armen Herz nichts von ihrer Verbindung mit Plettenberg merken zu lassen, sondern ihn in seinem lieben Irrtum fortträumen zu lassen, bis Zeit und Entfernung ihn von selbst in den Stand setzten, einen solchen Todesstreich auszuhalten. Denn jetzt war nichts anders als sein unvermeidlicher Untergang abzusehen, sobald er ihn erführe. Unterdessen sollte Plettenberg aus Amerika zurückkommen, und in Abwesenheit unsers Ritters die Hochzeit vollziehen, den er denn so lange von Europa entfernt halten konnte, als es ihm gelegen war.

Dieser Plan ist grausam genug, indessen ist er doch der einzig erträgliche für einen so gespannten Menschen als Herz ist. Sie haben auch wirklich den Anfang gemacht ihn auszuführen: wie er ausgehen wird, weiß der Himmel, ich mache immer die Augen zu, wenn ich daran denke.

Nun stellen Sie sich vor, was die arme liebenswürdige Gräfin dabei leidet. Einen Menschen unglücklich zu sehen bloß dadurch, daß sie so vollkommen ist, mit dazu beigetragen zu haben, ohne daß sie im mindesten die Absicht dazu gehabt, die schröcklichsten Aussichten für diesen Menschen vor sich zu sehen, den sie sich nicht entbrechen kann, hochzuschätzen, dessen Schwärmerei für sie selbst das schönste Kolorit seines Charakters macht. Auf der andern Seite eines Liebhabers zu schonen, der schon fünf Jahre her die redendsten

Proben seiner Treue gegeben hat und mit dem sie die glücklichsten Tage voraussieht. – Sie hat sich wirklich für Herzen malen lassen, wobei die Witwe Hohl immer die Hand mit im Spiel gehabt, weil Plettenberg dies nicht erfahren sollte. Sie wissen, die Delikatesse eines Liebhabers kann durch nichts so sehr beleidigt werden, als auch nur das Bild von seiner Angebeteten in fremden Händen zu wissen.

So stehen die Sachen, lieber Pfarrer! und so wie ich höre, soll Herz wirklich gestern abends zu den hessischen Truppen abgegangen sein, die nach Amerika eingeschifft werden. Er schwimmt jetzt in lauter seligen Träumen von Liebe und Ehre, ich fürchte, das Aufwachen wird schrecklich sein.

Ich kenne Plettenberg von Person, er ist nicht schön und schon bei Jahren, hat aber vielen Verstand und ein ungemein empfindliches Herz, Geld genug hat er und könnte die äußern Glücksumstände des armen Herz sehr leicht in guten Stand setzen. Aber welche Entschädigung für einen solchen Verlust und bei einem Menschen wie Herz ist! dessen ganzes Glück in Träumen besteht und der das, was man solid nennt, mit Füßen tritt.

Leben Sie wohl und verzeihen Sie, daß ich soviel geplaudert habe. Nicht wahr, ich hab eine gute Anlage zur Romanenschreiberin?

Vierter Teil

Erster Brief

Rothe an Plettenberg

Herz ist weggereist, bester Plettenberg, ohne mich abzuwarten. Sie sehen, er ist wie ein wilder mutiger Hengst, den man gespornt hat, der Zaum und Zügel verachtet. Auch machen mir's meine Geschäfte unmöglich, ihm gleich nachzureisen oder ihn noch einzuholen, ehe er zu Ihnen kommt. Ich will ihm also diese kleine Empfehlung als einen Vorreiter vorausschicken, damit Sie wissen, wie Sie ihn zu empfangen haben. Denn ich zweifle, obschon Sie in Leipzig mit ihm studiert, daß Sie mir diesen seltsamen Menschen ganz kennen.

Er ist – daß ich's Ihnen kurz sage – der unechte Sohn einer verstorbenen großen Dame, die vor einigen zwanzig Jahren noch die halbe Welt regierte. Er war die Frucht ihrer letzten Liebe und als eine solche einem gewissen Großen zur Erziehung anvertraut worden, der ihn bei ihrem Hintritt sehr scharf hielt. Endlich ließ er ihn mit seinen Kindern unter der Aufsicht eines Hofmeisters reisen, der nun freilich dem wunderbaren Charakter unsers Herz auf keine Weise zu begegnen wußte und das Ansehen, das er von dem Grafen ** über ihn erhalten, auf das niederträchtigste mißbrauchte. Herz, der überall zu Hause zu sein glaubte, setzte sich im zwölften Jahr mit einigen dreißig Dukaten, die er von ihm hatte ausholen können, auf die Post, und reiste heimlich à l'aventure nach Frankreich.

Hier kam er in die elendesten Umstände. Sein Geld ging zu Ende, er verstund wenig oder nichts von der Sprache, mit dem allen, so wie das ein Hauptzug in seinem Charakter ist, den er vielleicht mit mehrern seiner Nation gemein hat, alle seine Vorsätze nur einmal zu fassen und durch nichts in der Welt sich davon abbringen zu lassen, war er auch jetzt durch keine Umstände mehr zu bewegen, den Schritt zu seinem Hofmeister oder zum Grafen ** zurück zu tun. Er beharrte also unveränderlich darauf, in Frankreich zu bleiben, und da er den großen Abstand der französischen von den Sitten seines Vaterlandes sah, sich mit seinen eigenen Fähigkeiten und Fleiß durch alle Klassen selber hindurchzutreiben, um das Eigentümliche dieser Nation, die er an Kultur so weit über der seinigen glaubte, sich dadurch ganz zu eigen zu machen. Dieser abenteuerliche Vorsatz gelung ihm. Er wußte sich durch seine Gelehrigkeit und durch die guten Eigenschaften seines Geistes und Herzens in dem Hause eines reichen Bankiers so zu empfehlen, daß er ihn alles lernen ließ, was er verlangte, und mit seinem Gelde und Ansehen unterstützte. Bei diesem hat er den Namen Herz angenommen, den er auch nachher immer beibehalten hat und keinem Menschen als mir von seinen Schicksalen was hat merken lassen.

Dieser war es auch, der ihn nach Leipzig schickte, um Deutsch zu lernen, wo Sie ihn denn müssen gekannt haben. Als er zurückkam, brauchte er ihn hauptsächlich zu seiner Korrespondenz und hat ihm, so wie man auch nicht anders konnte, wenn man näher mit ihm umging, sein ganzes Herz geschenkt. Endlich verschickte er ihn, um dem Bankerut eines der größten Häuser vorzubeugen, nach der Hauptstadt, wo er sich auch mit so vieler Ehre dieses Geschäfts entledigte, daß er von beiden eine jährliche Pension erhielt, die er verzehren konnte, wo er wollte. Er ging nach Holland damit, weil er von jeher das Land zu sehen gewünscht hatte, wo Peter der Große Schiffszimmermann gewesen, weil er aber zu nachlässig war, die Gewogenheit seiner Wohltäter durch öftere Briefe zu unterhalten, so verlor er die Pension, kam darauf ins Clevische, von da er endlich hieher gekommen ist.

Sehen Sie hier die wunderbare Landkarte seiner Schicksale. Sollte ich Ihnen aber die Geschichte seines Herzens erzählen und wieviel Anteil die an seinen äußern Umständen und Begebenheiten gehabt hat, so würde Ihre Verwunderung und vielleicht Ihr Mitleid noch höher steigen.

Zweiter Brief

Herz an Rothen

einige Meilen vor Zelle

Das Bild, Rothe! oder ich bin des Todes – Ich eile ihm immer näher, dem Ort meiner Bestimmung, und ohne sie – Ist mir's doch, als ob ich zum Hochgericht ginge. – Rothe, wärest Du etwa ein Bösewicht? Was für Ursachen kannst Du haben, mir das Bild vorzuenthalten. Es ist so schrecklich, so unmenschlich grausam. Bedenke, wo ich hin soll – und ohne sie!

Dritter Brief

Rothe an Plettenberg

Ich kann nicht anders, ich muß meinem vorigen noch einen Brief nachschicken. Sie sollten nicht glauben, was alle diese Schicksale, mit dem Abstechenden und Befremdlichen, das er an allen Charakteren und Sitten in Frankreich und Deutschland gegen die Charaktere und Sitten seines Vaterlandes gefunden, seiner Seele für eine wunderbar-romantische Stimmung gegeben haben. Er lebt und webt in lauter Phantasieen und kann nichts, auch manchmal nicht die unerheblichste Kleinigkeit aus der wirklichen Welt an ihren rechten Ort legen. Daher ist das Leben dieses Menschen ein Zusammenhang von den empfindlichsten Leiden und Plagen, die dadurch nur noch empfindlicher werden, daß er sie keinem Menschen begreiflich machen kann. Er hat sich nun einmal eine gewisse Fertigkeit gegeben, die seine andere Natur ist, alle Menschen und Handlungen in einem idealischen Lichte anzusehen. Alle Charaktere und Meinungen, die von den seinigen abgehen, scheinen ihm so groß, er sucht so viel dahinter, daß er mit lauter außerordentlichen Menschen, gigantischen Tugendhelden oder Bösewichtern umgeben zu sein glaubt, und ihm gar nicht begreiflich gemacht werden kann, daß der größte Teil der Menschen mittelmäßig ist, und weder große Tugenden noch große Laster anders, als dem Hörensagen nach kennet.

Nun nehmen Sie diesen Menschen, wenn er verliebt ward, was der in seine Schönen hineinlegte. Dreimal ist er so angelaufen, endlich verzweifelte er an dem ganzen weiblichen

Geschlecht und was er ihnen vorhin zu viel beilegte, traute er ihnen jetzt zu wenig zu.

Nun stellen Sie sich vor, was die Entdeckung eines solchen Charakters, wie der Ihrer Braut war, auf ihn für einen Eindruck muß gemacht haben. Er sah, dachte, hörte, fühlte jetzt nun nichts als die Erscheinung einer Gottheit, die in weiblicher Gestalt auf die Erde gekommen wäre, ihn von seinem lästerlichen Irrtum zurückzubringen. Desto mehr aber haben wir jetzt von ihm zu befürchten, da sein Verstand mit seiner wilden taumelnden Einbildungskraft nun gemeine Sache macht.

Ich muß Ihnen doch, um Ihnen seine Art zu lieben ein wenig ins Licht zu setzen, von den drei Liebesgeschichten seiner Jugend, soviel ich davon weiß, eine Idee geben. Seine erste Liebe war in Rußland, als er erst 11 Jahr alt war, und dazu in die Mätresse des alten Grafen ** selbst, bei dem er im Hause war. Stellen Sie sich vor, wie aufbrausend schon die kindische Einbildungskraft dieses Menschen gewesen sein muß, da er in dieser wirklich liederlichen Weibsperson das Gegenbild zu dem Ideal zu finden glaubte, das er sich von der Nymphe des Telemachs, den sein Hofmeister mit ihm exponierte, gemacht. Dieses Ideal wurde nun aber schändlich über den Haufen geworfen, als er sie mit dem alten Grafen einmal im Bette antraf – Seine zweite Liebe war die Nichte des Kaufmanns in Lion, deren lebhafter Witz ihn steif und fest glauben machte, er habe an ihr eine zweite Ninon gefunden. Endlich aber fand er, daß sie nur kokett gegen ihn gewesen war, und da sehnte er sich herzlich nach Deutschland, um aus Goethens oder Wielands Romanen und aus Klopstocks Cidli sich ein Ideal zusammenzuschmelzen, das seinesgleichen noch nicht gehabt. So gut ward's ihm denn auch, als er nach Leipzig kam, und die Tochter eines Landpredigers, die sich eine Zeitlang daselbst bei einer Verwandtin aufgehalten, versprach ihm die Erfüllung aller seiner Wünsche. Aber wie jämmerlich wurden seine Entzückungen mit schreienden und schnarrenden Dissonanzen unterbrochen, als er auf einmal auch diese seine Messiasheldin, nachdem die ersten Wochen ihrer Maskerade vorbei waren, nur als eine künstliche Agnese erscheinen sah, die unter ihrem Nonnenschleier Liebesbriefchen ohne Zahl und tausend verstohlne Küßchen entgegennahm, ja die er endlich sogar bei einer starken Vertraulichkeit mit einem dicken runden Studenten überraschte. Da lagen nun alle seine Ideale umgestürzt, und er hätte nun mit eben dem kalten Blut, als jene Belagerten sich mit griechischen Bildsäulen verteidigten, sie alle über die Stadtmauer werfen können. Das Leben ward ihm zur Last, er zog in der Welt herum von einem Ort zum andern nimmer ruhig und hätte seine Existenz gar zu gern mit eigner Hand verkürzt, wenn er nicht den Selbstmord, ohne dringende Not, nach seinem Glaubenssystem für Sünde gehalten hätte.

Jetzt, mein teurester Plettenberg, können Sie sich eine Vorstellung machen, was wir von einem Menschen dieser Art in einem solchen Fall zu erwarten haben, wenn er nicht behutsam behandelt wird. Er hat Vernunft genug einzusehen, daß in seinem jetzigen Stande es Torheit wäre, Ansprüche oder Hoffnungen auf den Besitz der Gräfin zu machen, aber auch wilde Einbildungskraft genug, sich alles möglich vorzustellen, was ihn zur Gleichheit mit ihr erheben kann, besonders da die Ideen seiner Jugendjahre und seiner Geburt bei allen seinen Unglücksfällen ihn nie verlassen haben. Am allermeisten, da seine Jahre sich immer mehr der männlichen Reife nähern und er in ihr die Erfüllung aller seiner Ideen gefunden zu haben glaubt.

Haben Sie also die Gütigkeit, ihn so zu empfangen, wie ein weiser Arzt einen höchst gefährlichen Kranken empfangen würde, der durch alles, was wirkliche Achtung, Mitleid und Freundschaft verdient, alle Ihre edleren Empfindungen in Anspruch nimmt.

Vierter Brief

Herz an Fernand

Rothe ist ein Verräter – er schickt mir das Bild nicht – sag ihm, er wird meinen Händen nicht entrinnen.

Fünfter Brief

Plettenberg an Rothe

Eben habe ich Ihren irrenden Ritter nebst Ihren Vorreutern und blasenden Postillonen erhalten, lieber Rothe. Ich muß sagen, diese Erscheinung wirkt sonderbar auf mich, der Mensch ist so ganz, was er sein will, und da er eine der schwersten Rollen auf Gottes Erdboden spielt, so repräsentiert er doch nicht im mindesten.

Er war bleich und blaß, als er hereintrat. Es ist lustig, wie wir miteinander umgehen. Gleich als ob ich der verliebte Ritter und er der Bräutigam sei, hat er mit einer Zuversicht mir von seiner Liebe zu meiner Braut eine Vertraulichkeit gemacht, die mich so ziemlich aus meiner Fassung setzte, aus der ich doch, wie Sie wissen, sonst so leicht nicht zu bringen bin. Er sagte mir zugleich, Sie wären ein schwarzer Charakter; als ich ihn um die Ursache fragte, gestand er mir, Sie hätten ihm das Porträt meiner Braut zuschicken sollen, und hätten es nun nicht getan. Wirklich hatte ich von jemand anders ein Paket für ihn erhalten, als ich es ihm wies, schlug er beide Hände gegen die Stirn, fiel auf die Knie und schrie »o Rothe! Rothe! wie oft muß ich mich an dir versündigen!« Ich fragte ihn um die Ursache, er sagte, er habe selbst alles so angeordnet, daß das Paket durch seinen Kommissionär in ** unter meiner Adresse an ihn geschickt werden sollte, und nun hab' er's unterwegens vergessen, und Sie im Verdacht gehabt, daß Sie es ihm hätten vorenthalten wollen.

In der Tat, mein lieber Rothe, habe ich Ursache, von diesem Ihrem Verfahren gegen mich ein wenig beleidigt zu sein, besonders aber von der Gewissenhaftigkeit, mit der Sie alles das vor mir verschwiegen gehalten. Ich hatte das Herz nicht, dieses seinsollende Porträt meiner Braut Herzen zu entziehen, weil ich fürchtete, seine Gemütskrankheit dadurch in Wut zu verwandeln, aber es kränkt mich doch, daß ein Bild von ihr in fremden und noch dazu so unzuverlässigen Händen bleiben soll. Wenn Sie mir's nur vorher gesagt hätten, aber wozu sollen die Verheimlichungen?

Unsere Truppen marschieren erst den Zwanzigsten, wir haben heute den Ersten, ich dächte, es wäre nicht unmöglich, Sie vor unserem Abmarsch noch einige Tage zu sehen. Ich habe Ihnen viel, viel an meine Braut zu sagen, und brauche in der Tat einen Mann wie Sie, mir bei meiner Abreise ein wenig Mut einzusprechen.

Freund, ich merke an meinen Haaren, daß ich alt werde. Sollte Stella, wenn ich wiederkomme und von den Beschwerden des Feldzugs nun noch älter bin – Kommen Sie, Sie werden mein Engel sein. Es gibt Augenblicke, wo mir's so dunkel in der Seele wird, daß ich wünschte –

Plettenberg.

Der Landprediger

Erster Teil

Ich will die Geschichte eines Menschen erzählen, der sich wohl unter allen möglichen Dingen dieses zuletzt vorstellte, auf den Flügeln der Dichtkunst unter die Gestirne getragen zu werden.

Mannheim ward von seinem Vater, einem Geistlichen im Thüringischen, auf die Universität geschickt. Er hatte sich dem geistlichen Stande gewidmet, nicht sowohl um seinem Vater Freude zu machen, als weil er sich dazu geboren fühlte. Von Kindheit an waren alle Ergötzungen, die er suchte, die Ergötzungen eines alten Mannes und ihm nicht besser als in einer Gesellschaft, wo Tabak geraucht und über gelehrte Sachen disputiert wurde. Seines Vaters Predigten schrieb er aus eigenem Trieb nach und hielt sie insgeheim bei verschlossenen Türen, nachdem er seines Vaters Perücke aufgesetzt und seinen Mantel umgetan, dem Perückenstock und Kleiderschrank wieder vor. Er fiel halb ohnmächtig nieder, als sein Vater mit einer großen Gesellschaft von Landpfarrern ihn einmal belauscht hatte und die Tür plötzlich mit dem Hauptschlüssel aufmachte.

Diese Freude aber ward dem guten alten Mann sehr versalzen. Er war ein großer Freund der Dogmatik und der Orthodoxie und hatte sich deswegen mit seinem kleinen Johannes sehr viel Mühe gegeben. Bei unsern leichtsinnigen Zeiten fürchtete er nichts so sehr, als daß sein Sohn, sobald er dem väterlichen Auge entrückt würde, auf den hohen Schulen von herrschenden freigeisterischen und sozinianischen Meinungen angesteckt werden möchte. Denn ob er gleich den Sozinus nie gelesen und nur aus Walchs Ketzerliste kannte, so hatte er doch einen solchen Abscheu vor ihm, daß er alle Meinungen, die mit seinen nicht übereinstimmten, sozinianisch nannte. Er nahm demzufolge alle mögliche Präkautionen und empfahl ihn zum strengsten den Lehrern, die er selbst gehabt hatte, oder von denen er wenigstens mit Überzeugung wußte, daß sie in die Fußstapfen ihrer Vorgänger getreten waren. Zugleich warnte er ihn, mit allen Schreckbildern, die in seiner Imagination waren und damals auf den jungen Zögling großen Eindruck machten, vor nichts so sehr als vor allen Gesellschaften junger Leute, besonders derer, die die Modewissenschaften trieben, empfahl ihm den Umgang seiner Professoren, malte ihm die Aussicht seiner Wiederkunft mit den reizendsten Farben, worunter sogar den schönen Augen der Tochter seines Propstes eine Stelle vergönnet wurde, die sich so oft nach dem kleinen Johannes wollte erkundigt haben und ihm beim Abschiede einen schönen rotseidenen Geldbeutel strickte, dem zu Gefallen er, seit der Zeit bis zu seiner Beförderung, immer in den Hosen geschlafen hat.

Johannes Mannheim gab seine Empfehlungsschreiben ab, aber ach! er fand die Männer, an welche sie gerichtet waren, sehr unterschieden von dem Bilde, das ihm seine Einbildungskraft zu Hause mit so feierlichem Heiligenschein um sie her von ihnen vorgezaubert. Ein Umstand kam dazu, den ich als Geschichtschreiber nicht aus den Augen lassen darf, weil in der Knospe des menschlichen Lebens jeder Keim, jedes Zäserchen oft von unendlichen Folgen bei seiner Entwickelung werden kann. Und so wird die Abweichung einer halben Sekunde von dem vorgezeichneten Wege in der Kindheit oft im Alter eine Entfernung von mehr als 90 Graden, und die Entscheidung der aus den übrigen Voraussetzungen der Erziehung und der Umstände unerklärbarsten Phänomene.

Damit ich also meinen Kollegen, den Philosophen über menschliche Natur und Wesen, manches Kopfbrechen über meinen Helden erspare, muß ich ihnen hier zum Vorschub sagen, daß einer von den Freunden des alten Mannheim nicht allein ein großer Landwirt im kleinen war, sondern auch gar zu gern von der Verbesserung seiner Haushaltung und Einkünfte allgemeine Schlüsse machte, die sich auf das Gebiet seines Landesherrn, und, wenn er warm ward, auf das ganze Heilige Römische Reich ausdehnten. Er las dannenhero zu seiner Gemütsergötzung alles, was jemals über Staatswirtschaft geschrieben worden war, schickte auch oft Verbesserungsprojekte ohne Namen, bald an den Premierminister, bald an den Präsidenten von der Kammer, auf welche er noch niemals Antwort erhalten hatte. Indessen schmeichelte er sich doch in heitern Stunden mit der angenehmen Hoffnung, daß sie für beide nicht könnten ohne Nutzen gewesen sein und daß unbemerkt zum Wohl des Ganzen mitzuwirken der größte Triumph des Weisen wäre. Dabei befand er sich um nichts desto übler. Das ewige Anspornen des allgemeinen Wohls machte ihn desto aufmerksamer auf sein Privatwohl, welches er als den verjüngten Maßstab ansah, nach welchem er jenes allein übersehen und beurteilen konnte.

Dieser glückliche Mensch, der mit allen diesen kameralistischen Grillen auch einige angenehme Talente besaß, in verschiedenen modernen Sprachen las, zeichnete und die Harfe spielte, hatte besonders viel Geschmack an dem offenen Kopf und der Lernbegierigkeit des kleinen Johannes gefunden und ihn daher in den Schulferien zu ganzen und halben Monaten zu seinem einzigen Gesellschafter gemacht, wobei unser kleine Altkluge sich unvergleichlich wohl befand, denn im Grunde war auch dieser Mann reicher und wohlhäbiger als sein Vater, und lebte auf einem Fuß, der sich den Sinnen unsers Dogmatikers auf sein ganzes Leben lang einschmeichelte. Auch mußte er seinen Rambach immer wieder von vorne anfangen, wenn er nach Hause kam.

Nun hatte er sich, wie es nicht fehlen konnte, aus alledem, was sein Vater jemals von Kompendien mit ihm getrieben hatte, vom Heilmann an bis zum Baier und Dieterikus, seine Religion nach seinem Herzen zusammengesetzt. Diese war, um von der glücklichen Simplizität der Empfindungen unsers Lieblings eine Idee zu geben, in wenig Worten folgende: daß Gott litte, wenn wir sündigten, und daß er auferstünde und gen Himmel führe, wenn wir andere glücklich machten. Wie sein Freund aber, der kameralistische Landpfarrer, nahm er immer sein eigenes Glück zum verjüngten Maßstabe desjenigen an, das er andern verschaffen wollte.

Nach diesen einfachen Religionsbegriffen konnte es nicht fehlen, er mußte in den Kollegien der Herren, an die er von seinem Vater empfohlen war, in den ersten drei Wochen unerträgliche Langeweile finden. Sie machten ihn alle die Schritte zurückmessen, die er voraus hatte, und führten ihn durch ein entsetzlich ödes Labyrinth von Schlüssen von der Wahrheit zu der Wahrscheinlichkeit zurück, mit der er den Religionsspöttern zu Gefallen nun durchaus sich den Kopf nicht zerbrechen wollte, weil er in dem festen Glauben stand, daß ein Religionsspötter nicht bekehrt werden kann, wenn er nicht will, und daß sich auf den Willen durch keine Schlüsse wirken läßt. Aller Warnungen seines Vaters ungeachtet also ward er noch in den Prolegomenen seiner dogmatischen Feldherren gegen die Religionsspötter ein förmlicher Ausreißer, und studierte die Kameralwissenschaften, die Chymie und die Mathematik, deren praktischer Teil eigentlich seine Erholungsstunden beschäftigte.

Es fanden sich sogleich Amanuenses der Herrn Professoren, die alle seine Gänge auskundschafteten und ihren Archonten die neue Einrichtung seiner Studien aufs Haar berichteten. Denen Lesern zu Gefallen, die die deutschen Akademien nicht kennen, muß ich den Ausdruck Amanuensis erklären. Es sind gewöhnlicherweise Baurensöhne, die den Professoren anfänglich die Füße bedienen, nach und nach aber durch den Einfluß der Atmosphäre, in der sie sich mit ihren Herren herumdrehen, einen solchen Anteil ihres Geistes erhalten, daß sie sie zu ihrer Hand abrichten können, die Gelder für die Kollegien einzusammlen, und, wenn einer von den bekannten Gesichtern in den Hörsälen, wo sie gemeinhin nur die Stühle einreichen, wenn Fremde kommen, zu fehlen anfängt, ihm so lange auf die Spur zu gehen, bis sie den Räuber entdeckt haben, der ihn ihrer Schule abspenstig gemacht hat. Alsdann wird alles angewandt, ihn wieder auf den rechten Weg zu bringen, Briefe an die Seinigen, bisweilen auch anonyme Briefe von verborgener Freundeshand, Erinnerungen am schwarzen Brett und in den Programmen, und, wenn nichts verschlägt, bei der nächsten erhaschten Veranlassung, eine Zitation durch die Hand des unermüdeten Pedellen.

Alle diese Besorgnisse schreckten unsern Johannes nicht. Er ging den Gang seines Herzens und der Bannstrahl in den Briefen seines Vaters selbst, so innig er ihn verehrte, konnte ihn nicht davon abbringen. Überall ward der gute arme Alte bedauret, wegen der üblen Nachrichten, die von seinem Sohne einliefen. Bald hieß es, er habe sich verheiratet, bald, er habe sich aus dem Staube gemacht: umgesattelt hatte er wenigstens dreimal, und, wegen lüderlicher Wirtschaft, Schulden und Duelle, das Consilium abeundi mehr als dreimal erhalten. Unterdessen hatte er sich bei einem königlichen Amtmann eingemietet, mit dem er von Zeit zu Zeit, so oft es seine Stunden erlaubten, Ausschweifungen aufs Land machte und die Ausübung dessen studierte, wovon ihm die Theorie der Ökonomisten doch nur sehr dunkle Vorstellungen gab. Dieser Amtmann hatte ein Haus in der Stadt, wo seine Familie wohnte, derweilen er seinen gewöhnlichen Aufenthalt auf dem Lande nahm und nur im Winter, wenn die meisten landwirtlichen Arbeiten vorbei waren, sich in dem Schoß seiner Gattin und Kinder von den Mühseligkeiten des Lebens erholte. Mit diesen lebte unser Johannes, derweil die Ungewitter des öffentlichen Rufs unbemerkt hoch über ihm wegstürmten, in goldener Zufriedenheit. Auch hatte er Gelegenheit, bei ihnen alles zu sehen und anzunehmen, was Überfluß, Bequemlichkeit und Geschmack den Sitten, den Manieren und der ganzen Summe unserer Gefühle Feines und Gefälliges mitzuteilen pflegen.

Er war einigemal mit ihnen auf Bällen gewesen und durch sie auf diesen in Verbindungen geraten, wo er die große Welt kennen lernen konnte, nicht um in ihr nach etwas zu streben, sondern um sich den falschen Firnis zu benehmen, den die Imagination der geringern Stände gemeinhin sich um die höheren lügt und der dem Gefühl ihres eigenen Glücks so gefährlich ist. Er lernte Personen von Verdienst unter diesen kennen, die sich in jeder Maske, in der die Vorsehung sie auf die große Schaubühne der Welt gestellt hat, immer gleichsehen, und sie nahmen ihm das Vorurteil, das sich zu den überspannten Vorstellungen, die wir vorhin angemerkt haben, so gern hinzuzugesellen pflegt, daß jedermann, der dem Range nach über uns steht, eben dadurch alle persönliche Hochachtung verlieren müsse. Er fühlte das große Prinzipium der Gleichheit alles dessen, was gleich denkt, das durch alle Stände und Verhältnisse geht, und nur dem Neide und der Unwissenheit durch äußere Dekorationen entzogen wird.

Unterdessen erschollen zu Hause die allerunangenehmsten und kränkendsten Nachrichten für einen Geistlichen. Johannes, der viel mit Offizieren lebte, sei unter die Soldaten gegangen; andere versicherten, er gehe mit niemand als dem Adel um und sei willens, sich adeln zu lassen. Sein Vater, ohne auch nur die Unmöglichkeit von alledem zu ahnden, erschrak über alle diese Gerüchte, als ob sich an ihnen gar nicht mehr zweifeln ließe. Endlich wurden alle seine Befahrungen, wie durch einen Donnerschlag, durch einen Brief bekräftigt, den er von Johannes aus Genf erhielt, wohin er einen Jungen von Adel auf seinen Reisen begleitet hatte.

Des Propstes Tocher hatte anfänglich eine heimliche Freude darüber. Luzilla, dieses war ihr Name, war bis in ihr zwölftes Jahr die Bewunderung und der Neid – bloß ihrer eigenen Gedanken und des Spiegels gewesen, das heißt, sie war auf dem Lande erzogen und kannte die Stadt nur aus den Romanen. Man hatte ihr nichtsdestoweniger Singmeister und Sprachmeister gehalten, die sich ihr Vater mit großen Unkosten aus der Stadt verschrieb. Alles, was sie bisher von Johannes aus der Fremde gehört, hatte ihr, des Wehklagens seines, und des teilnehmenden Bedaurens ihres Vaters ungeachtet, sehr wohl gefallen. Zu wissen stehet, daß ihr Vater ein alter Mann war, der sich, wegen Zähnemangels und aus Liebe zur Ruhe, unaufhörlich mit dem Gedanken trug, sich einen

Gehülfen an seiner Pfarre zu nehmen. Es war ihm also gar nicht recht, daß unser Johannes, für dessen Glück er die Gewährung auf sich genommen, so lang in der Fremde blieb.

Luzilla, in diesem Stück ihres Vaters wahre Tochter, hatte doch, in Ansehung der Art dieses Glückes und der Entwürfe zu demselbigen, von ihrem Vater sehr abgehende Meinungen. Ein junger Offizier wäre ihr in aller Absicht viel lieber gewesen, als ein junger Pfarrer. – Dieses währte, bis sie in die Stadt kam, da sie dann sehr geschwind das Subjekt mit dem Prädikat verwechseln lernte. Ich brauche diese Worte hier deswegen, weil ihr Vater, der ein vollkommenes Frauenzimmer aus ihr bilden wollte, sich alle Mühe gab, ihr die Wolfische Logik beizubringen, von der er zur Metaphysik und von dieser zur Moral übergehen wollte. Aber ach! ein unvorgesehener Zufall durchschnitt diesen schönen Plan. Eine Kusine von ihr in Holland fing eine Korrespondenz mit ihr an; es war ein Elend, daß weder Vater, noch Tochter, noch irgend ein andrer Gelehrter aus der ganzen Gegend ihr den Brief dechiffrieren konnte. Nun war kein Rat dafür, das arme Kind mußte Französisch lernen.

Sie ward in die Stadt zu einer Französin getan, die Kostgängerinnen hielt, und, weil sie vermutlich ehedessen die Haushälterin eines mestre de camp gewesen war, sich sehr bescheiden M^e^. de Liancourt schlechtweg nennen ließ. Auch hatte alles, was von beau monde in der Stadt war, freien Zutritt zu ihr, worunter verschiedene Offiziere waren, die unsern herumschweifenden Johannes mit seinem roten Geldbeutel bald aus ihrer Imagination verwischten.

Unterdessen flogen Täler, Seen und Gebirge bei ihm vorbei; er nutzte überall, so viel er konnte, seinen Aufenthalt, obgleich aber seine Sinnen und Verstand unaufhörlich durch neue Gegenstände und Kenntnisse gefesselt wurden, so blieb doch das Innre seines Herzens ein Heiligtum, worin für seine wunderschöne Beutelstrickerin das heilige Feuer unauslöschlich brannte. Er hütete sich sehr, ihr Bild in seiner Phantasie wieder auszumalen, weil er aus der Erfahrung gemerkt, daß dieses ihn zu allen seinen Arbeiten untüchtig machte, und also von seinem Zweck immer weiter entfernte, aber der dunkle verstohlne Gedanke an sie war ihm süßer, als alles Zuckerwerk, das die schönen Geister aus dem heiligsten Schatz der menschlichen Natur, aus dem Geheimnis ihres Herzens, backen. Auch schrieb er ihr nie, ließ sie auch niemals grüßen. Zu sehr versichert ihrer gleichen Seelenstimmung, war's ihm, als ob sie ihm immer bei jedem seiner Schritte zur Seite stund und alles wissen mußte, was er tat und vorhatte.

Bei ihr war es anders. Ein Jahr lang, als er nach England ging, hatte weder ihr noch sein Vater die geringste Nachricht von ihm erhalten. Als es darauf wieder hieß, er sei in Deutschland, spürte sie gerade so viel Freude darüber, als es ihr gemacht haben würde, vom Achmet Effendi zu hören, er sei wieder in Berlin angekommen.

Das war nun ganz natürlich; und welcher Herzens- und Mädchenkenner, der nicht etwa mit unserm Johannes sich im nämlichen Falle befindet, wird sie nicht entschuldigen?

Aber Johannes Mannheim nicht also. Als er zu Jungfer Susanna Luzilla Bulac in die Stube trat, und einen feinen jungen Abbé zierlich gekleidet auf ihrem Sofa erblickte, der an ihrem Metier Spitzen klöpfelte, sie aber, ein saubergebundenes Buch in Taschenformat in der Hand, im mußlinenen Negligé nachlässig bei ihm hingegossen, wie sie verwundernd aufstand, ihn gleichgültig über und über, vom Haupt bis zu Füßen beschaute und seinen ehrerbietigen Bückling mit einem so schnell gezogenen Knicks, als ob er ihr schon leid täte, eh' er geendigt war, und den kurzen Worten beantwortete: »Was wär' Ihnen lieb, mein Herr?« –

Erschrak er fast sehr darob und seine Mienen sanken zu Boden. »Mademoiselle!« sagte er, oder vielmehr er glaubte es zu sagen, denn in der Tat verging ihm alle Besinnung. Er hatte sich, als er die Zinnen der Stadt wieder zu Gesicht bekam, vorgenommen, eine der entzückendsten Rollen seines Lebens zu spielen. Sie würde ihn nicht erkennen, meinte er, und nun wollt' er, unter der Gestalt eines Fremdlings, jede Saite ihres Herzens mit Nachrichten von ihrem Johannes treffen, und sich das königliche Schauspiel geben, alle Widerwärtigkeiten und Gefährnisse seines Lebens zum andernmal schöner empfunden zu sehen, aber ach! –

Das Gespenst da, das häßliche Gespenst in dem runden, gepuderten Haar, mit seidenem Mantel an ihrem Metier – wo sein Beutel geklöpfelt war – –

Ich muß meinen Lesern diese Erscheinung erklären. Es war ein junger Stadtpfarrer, der sich in Luzillen verliebt, um sie angehalten, ihr Jawort, ihres Vaters Jawort erhalten hatte – und morgen sollte die Hochzeit sein. Jedermann wünschte ihm Glück zu der Wahl, und ihr. Sie wären einander wert, sagte der Hauptmann Weidenbaum, der noch niemals was Unschönes gesagt hat. Der Obriste von Wangendorf selber hatte dem jungen Paar seine Gegenvisite gemacht. Er hatte die junge Frau Kaplänin unter das Kinn gefaßt, und gesagt: wenn er einen Sohn bekäme, sollte er Pfarrer werden. Der Herr Obristleutnant hatte ihr das Leben des *Magister Sebaldus Nothanker* in englischem Bande zugeschickt und mit eigener Hand auf Französisch vorn in das Buch geschrieben. »Félicitez vous, Mademoiselle«, hatte er geschrieben, »d'éviter les désastres contenus dans ce livre, et de faire les délices d'une ville, qui vous estime, au lieu d'errer de campagne à campagne, d'un village à l'autre, victime des préjugés de Votre état et des maux les plus affreux de l'indigence et de la superstition.« Die sämtlichen Herren von der Regierung hatten ihre Visiten mit Billetten, einige auch persönlich, erwidert. Nichtsdestoweniger unterstund sich Herr Johannes Mannheim, den sie gleich auf den zweiten Blick erkannte, zu einer solchen Zeit, an einem solchen Ort, seine Visite zu machen. Er mußte von ihrer vorhabenden Vermählung wenigstens doch schon in England gehört haben.

Der Herr Hofkaplan blieben ungestört am Metier sitzen.

Johannes Mannheim schaute auf, stotterte, errötete: »Ich komme, um Ihnen viele Grüße – von einem gewissen Herrn Mannheim zu bringen.«

»Mein Herr, Sie sind gewiß unrecht, ich kenne so keinen Namen –«

»So keinen Namen?« wiederholte Mannheim mit einem Ton, in welchen er alles legte, was seiner Imagination jemals von dem Ton der alten Redner in ihren Schranken, oder vor der Armee vorgeklungen sein mochte.

»Mannheim!« rief der Abbé durch die Fistel, »was ist das für ein Name?«

»Es ist – ich weiß nicht – vielleicht meinen Sie den Sohn von dem Pfarrer Mannheim, der ehedessen meines Vaters Nachbar war.«

»Ist er's nicht mehr?« fragte Johannes.

»Soviel ich weiß, hat er die Pfarrei verlassen. Doch Sie können die beste Nachricht davon einziehen bei dem Schulkollegen Hecht, mein ich, da pflegt er ja sonst zu logieren. Nicht wahr, mari! hast du ihn nicht neulich dort angetroffen?«

»Ach der Dorfpfarrer«, versetzte der Abbé mitleidig. »Ja, ich erinnere mich. Ist er Ihnen nicht gleichgültig, mein Herr?«

»Ich müßte der nichtswürdigste Stutzer sein, wenn er mir's wäre«, antwortete Johannes außer allen Sprüngen, »es ist mein leiblicher Vater.«

»So?« kreischte mein Abbé im höchsten Kammerton, und nickte wieder auf seine Arbeit hin.

»Sie sehen also, mein Herr! daß Sie hier unrecht sind«, sagte Luzilla, »gehen Sie zum Schulhalter Hecht – der wird Ihnen näheren Bescheid geben.«

Johannes sah fest auf den Boden und fort. – Er kam zu seinem Vater. – Schon eh' er ausreiste, hatte er so viele Theologie mitgenommen, daß er sich zur Not hätte können examinieren lassen. Die vielseitige Bekanntschaft mit der Welt, die er sich nunmehr erworben, verbunden mit seinen andern Kenntnissen, erleichterten ihm die Mühe, ins Predigtamt zu kommen. Sobald er sich das erstemal öffentlich hatte hören lassen, freute sich jedermann, ein Werkzeug seiner Beförderung zu werden. Er bekam eine mittelmäßig gute Stelle. Viele meiner Leser werden stutzen und einen Roman zu lesen glauben, wenn sie finden, daß es ihm, ungeachtet seiner Inorthodoxie, doch mit seiner Beförderung geglückt sei. Er ließ es sich aber auch nur nicht einfallen, sich aus dem Eide einen Gewissensskrupel zu machen, mit dem er sich zu den symbolischen Büchern verband. Niemals war es sein Zweck gewesen, den Bauren die Theologie als Wissenschaft vorzutragen; es gingen sie also die Glaubenslehren der Kirche, so wenig als ihre Zweifel an. Das Mystische der einen, so wie das Aufgeklärte der andern geht weit über ihr Fassungsvermögen. Sehr wohl konnte er also für seine Person zu gewissen festgesetzten Lehren schwören, ohne welche keine äußerliche Kirche bestehen kann, und zu denen jeder den Schlüssel in seinem Herzen hat. Denn, im Grunde, was sind Lehren anders, als Vorstellungsarten, und welcher Eid kann diese binden, welcher Eid mich zwingen, Licht zu sehen, wenn ich im dunklen Zimmer stehe, oder umgekehrt? Genug, daß der Eid vorbauende Formel ist, keine Sachen zu *lehren*, die auf das Leben und die Handlungen der Zuhörer einen widerwärtigen Einfluß haben, als den die wahre Religion auf sie haben soll. So sagte er also seinen Zuhörern kein Wort, weder von der Ewigkeit der Höllenstrafen, noch von der Vereinigung der beiden Naturen, noch von den Geheimnissen des Abendmahls, bis sie selbst drauf kamen, und sich insgeheim bei ihm Rats erholten, da er seinen Unterricht denn jedesmal nach der besondern Beschaffenheit der Person, die ihn fragte, einrichtete. Aber er lehrte sie ihre Pflichten gegen ihre Herrschaft, gegen ihre Kinder, gegen sie selbst. Er wies ihnen, wie sie durch eine ordentliche Haushaltung sich den Druck der Abgaben erleichtern könnten, deren Notwendigkeit er ihnen deutlich machte. Er erzählte ihnen, wie es in andern Ländern wäre, und machte ihnen ihren Zustand durch die Vergleichung mit schlimmeren süßer. Er erzählte ihnen einzele Beispiele von Hauswirten, die durch ihren Fleiß und Geschicklichkeit sich emporgebracht, bewies ihnen, daß Arbeit und oft Mangel selbst der Samen zu all unserm zeitlichen Glücke sein, und daß Vereinigung ihrer Kräfte, ihrer Herden, ihrer Ländereien und Verträglichkeit und Freundschaft untereinander die Grundfeste ihrer und der ganzen bürgerlichen Wohlfahrt wären, und daß je wohlhäbiger sie durch gegenseitige Hülfe würden, desto weniger sie den Druck der Abgaben fühlten, desto weniger selbst Abgaben zu geben brauchten, die oft nur deswegen verwendet werden, den Kredit des Landes von außen emporzuhalten, weil er von innen zu sinken anfängt. Er bewies ihnen aus der ältern und neuern Geschichte, doch immer so, daß sie es fassen konnten, daß die Leidenschaften der Fürsten selbst immer mehr Entsehen vor dem wohlhäbigen und fleißigen, als vor dem dürftigen und verzagten Bürger gehabt, weil der Reichtum der Bürger auch ihr eigener wäre. Er warnte sie ebensowohl vor Ausschweifungen und Lüderlichkeiten, als vor den frühen Heiraten und den Zerstückelungen ihrer Grundstücke, welches alles Verwirrung und Armseligkeit in ihre Haushaltungen brächte. So fehlte es ihm keinen Sonntag an Stoff zum Reden, welchen er von einzelen Fällen hernahm, und konnt' er nur gar nicht dazu kommen, jemals an aristotelischen oder andern theologischen Spitzfindigkeiten hängenzubleiben. Die Vesper des Sonntags Nachmittags verwandelte er in eine ökonomische Gesellschaft und zwar auf folgende Art. Er hielt ein kurzes herzliches Gebet in der Kirche, alsdann versammlete er die Vorsteher und die angesehensten Bürger des Dorfs um sich herum und sprach mit ihnen von wirtschaftlichen Angelegenheiten. Sie mußten ihm alle ihre Klagen übereinander, alle ihre Bedenklichkeiten über diese und jene neue Einführung, alle Hindernisse ihres Güterbaues vortragen, und er beantwortete sie ihnen, entweder sogleich, oder nahm sie bis auf den folgenden Sonntag in Überlegung, mittlerweile er sich in

Büchern oder durch Korrespondenzen mit andern Landwirten darüber Rats erholte. Endlich, damit er mit desto mehrerer Zuverlässigkeit von allen diesen Sachen mit ihnen reden könnte, ging er mit einem der wohlhäbigsten Bürger seines Dorfs einen Vertrag ein, vermittelst dessen jener ihm, gegen soundso viel Stück Vieh und Auslagen der Baukosten, einen verhältnismäßigen Anteil an seinem Kornacker sowohl als an seinem Wiesenbau zustund; zu diesem gesellte sich noch ein anderer, der einen Weinberg hatte, und siehe da ein kleines Landgut entstehen, das in sich selbst gegenseitige Unterstützung fand, weder Dung noch Holz zu bezahlen brauchte, und in einigen Jahren meinen Pfarrer und seine Mitinteressenten reich machte. Itzt beeiferte sich jeder, einen gleichen Vertrag mit ihm einzugehen, und, da dieses nicht wohl sein konnte, schlossen sie sich aneinander und ahmten seinem Beispiel nach. So ward in kurzer Zeit das Dorf eines der wohlhäbigsten in der ganzen Gegend.

Der Pfarrer hatte den Vorzug, daß er die Vorteile des Handels auf seinen Reisen kennen gelernet. Er war unerschöpflich an neuen Vorschlägen, ihren Ertrag zu Gelde zu machen. Er wußte, was jede Stadt in der Nähe für hauptsächliche Bedürfnisse hatte, und wenn sie alle zusammenstunden, wie denn in kurzer Zeit ihr Zutrauen zu ihm unbegrenzt war, so machte das für diesen und jenen Handlungszweig was Beträchtliches. Er schloß sich bald mit benachbarten Edelleuten und ihren Dörfern an, und sein Genie, das nie rastete, teilte sich nach einigem Widerstande allen mit. Ein König hätte nicht inniger geehrt werden können, als er es von seinen Bauren ward.

Sobald sein Vermögen ansehnlicher ward, richtete er alles in seinem Hause mit einem Geschmack ein, der die Nacheiferung des Adels selber erweckte. Nun war es Zeit, auf die höchste Zierde desselben zu denken, auf die Königin, die aller dieser Vorteile froh mit ihm werden sollte. Über seiner rastlosen Tätigkeit hatte er den letzten Eindruck der Treulosen vergessen, die ihn, die Wahrheit zu sagen, durch eine Art Verzweiflung gespornt hatte, sich über ihre kränkende Geringschätzung hinauszusetzen. Er reiste also die Hauptstadt vorbei, und der erste Gedanke, der ihm einfiel, war der ehrwürdige Amtmann, dem er seine ersten Kenntnisse der Wirtschaft zu danken hatte. Dieser war ein Vater von mehreren Töchtern, von denen die beiden ältesten schon verheiratet, die beiden jüngsten und ein Sohn noch in seinem Hause waren. Er wußte, daß dieser Mann ihnen nichts mitgeben konnte, als eine vollkommen feine und geschmackvolle Erziehung, verbunden mit allen möglichen häuslichen Geschicklichkeiten, wovon er Augenzeuge gewesen war. Dieses, nebst seinem Wohlstande und seinem Ruf, gab ihm einige Hoffnung, so unglücklich seine erste Liebe gewesen war, in seinem zweiten Antrage mit besserem Erfolg etwas wagen zu dürfen. Er tat es. Er kam, ward noch immer wie der alte empfangen; die Augen der jüngsten der Töchter seines Freundes nahmen ihm in der ersten Stunde die Freiheit. Seine Unruhe war unaussprechlich, denn hier einen Korb zu bekommen, schien ihm unter allen Schicksalen, die er erstanden, das unerträglichste. Wie waren seitdem alle Vorzüge der jungen Schönen aus der Knospe gegangen! Aber die Entfernung, der Antrag selbst, das wenige, was er anzubieten hatte, gegen die Ergetzlichkeiten einer großen Stadt, wo sie bei keiner öffentlichen Lustbarkeit unbemerkt blieb, sein Alter endlich selber, seine Person, die ihm niemals so häßlich vorgekommen war, sein Gesicht, auf dem jeder gehabte Unfall eine Spur nachgelassen hatte, die Unaufmerksamkeit auf die feinern Gegenstände der Unterhaltung, die ihm seine bisherigen häuslichen Sorgen und Geschäfte zugezogen, alles das machte ihn, wenn er sich ihr gegenüber befand und reden wollte, so kleinmütig – soll eine solche Blume dazu geboren sein, an meinem Busen zu verwelken? sagte er sich unaufhörlich, und eine Träne trat ihm ins niedergeschlagene Auge.

Er bemerkte eine besondere Eigenschaft an ihr, die ihm wieder Mut gab, das war ein merkbarer Hang zur Einsamkeit. Ob, weil alle äußere Gegenstände, die die Stadt ihr aufweisen konnte, ihr Herz nicht befriedigten, ob, weil sie glaubte, daß es ihr besser ließe, lasse ich unentschieden, genug, es liefen bisweilen Monate hin, daß sie von dem Landgut, wohin sie ihren Vater allein zu begleiten pflegte, auch nicht nach der Stadt einmal hören mochte. Alsdann aber ergab sie sich auch im Gegenteil bei ihrer Wiederkunft den Ergetzlichkeiten der Stadt mit einer ordentlichen Art von Zügellosigkeit, und überhaupt hatte sie die bei Frauenzimmern so seltene Eigenschaft, nichts nur halb zu tun oder zu wollen.

»Albertine!« sagte er einsmals zu ihr, als sie eben von dem Landgut ihres Vaters nach der Stadt zurück fuhren – Es war ein schöner heitrer Wintertag gewesen und die untergehende Sonne schien eben aus verklärten Wolken mit ihrer letzten Kraft auf den entgegenglühenden Schnee; er stand hinter ihrem Schlitten und führte ihn, derweile sie in ihrem Pelz eingewickelt den Himmel und den Schnee an Röte beschämte – »Albertine«, sagte er, indem er sich zu ihr herüberbog, »daß ich ein König wäre!« »Was fehlt Ihnen?« rief sie hinter ihrem Schlupfer, mit einer Stimme, deren Zauberklang er nicht länger widerstehen konnte. »Ach! ich habe Ihnen weiter nichts als eine Pfarre anzubieten«, schrie er, indem er sich plötzlich vom Schlitten losriß und sich mitten in dem Schnee vor ihr niederwarf. Eine solche Erklärung auf der öffentlichen Landstraße, auf der freilich wenig Menschen zu vermuten waren, würde alles mögliche Beleidigende für sie gehabt haben, wenn nicht der Ausdruck seiner Stimme und die Tränen, die sie begleiteten, ihr Herz ebenso ungewöhnlich angegriffen hätten, als der Antrag selbst ungewöhnlich und unerwartet war. Sie konnten eine Weile alle beide nicht zu sich selber kommen. »Stehen Sie doch auf«, sagte sie endlich mit schwacher Stimme. »War's denn hier Zeit?« – Bei diesen Worten verhüllte sie sich in ihren Pelz, und er bekam den ganzen Weg über von ihr nichts zu sehen noch zu hören.

Ein Glück, daß er es so abgepaßt, daß der Schlitten des Vaters eben eine gute Viertelstunde voraus war. Er kam in der

Stadt an, wie ein Verbrecher, der zum Gerichtsplatz geführt wird. Alles, was er sah und hörte, alle Fragen, die an ihn ergingen, selbst die Freundlichkeit, mit der der Amtmann und die Seinigen ihn aufzumuntern suchten, waren lauter Folterstöße für ihn. Albertine allein war wider alle ihre Gewohnheit, wenn sie sonst nach der Stadt zu kommen pflegte, ihm heut vollkommen ähnlich. Als sie so im Zirkel saßen, und auf beider Gesichtern Angst, sich zu verraten, mit tausend Empfindungen kämpfte, kam der kleine Bruder, ein rosiger Junge, von der Freude, so schien es, geboren, mit großem Geschrei in die Stube gerannt und rief: »Albertine! Dein Bräutigam ist da.«

Albertine antwortete anfangs nicht; als er aber es zum zweitenmal wiederholte und sie fragte: »wo denn?« und er antwortete: »in deiner Kammer!« und sie aufstund und hinausging – und in dem nämlichen Augenblick der Amtmann unserm Mannheim eine Berechnung des jährlichen Ertrages seiner Ländereien vorlegte und ihn dringend um seine Meinung fragte, um wieviel sie geringer oder vorzüglicher, als die in seinem Vaterlande wäre – so überlasse ich's dem menschenfreundlichen Leser, sich den Zustand des armen Johannes zu denken.

»Ja – ja«, sagte er, indem er das Blatt ansah, ohne etwas darauf zu sehen.

»Was denn?« fragte der Amtmann.

In dem Augenblick trat Albertine mit einem kleinen Buben aus der Nachbarschaft herein, den sie an der Hand führte. Mannheim sah auf und die Erholung von seiner Todesangst war so sichtbar, daß sich der Amtmann nicht entbrechen konnte, ihn zu fragen, was ihm gewesen wäre? »Nichts«, stotterte er. Albertine begab sich hinweg. Mannheim mußte um Erlaubnis bitten, sich zu entfernen. Die entgegengesetzten Bewegungen, die seine Seele in so kurzer Zeit aufeinander erfahren hatte, überwältigten seinen ganzen Nervenbau; er fühlte die angenehme Hoffnung in seinem Innersten, er werde diesen Abend vielleicht nicht überleben.

Der Amtmann wollte ihn nicht fortlassen. Er zwang ihn, ein Bette in seinem Hause anzunehmen; jedermann merkte bald, daß Mannheims Zerrüttung mehr als eine leichte Unpäßlichkeit war.

Er verfiel wirklich in eine Krankheit, die der Arzt dem besorgten Amtmann noch gefährlicher abschilderte, als sie wirklich war. Der Amtmann und seine ganze Familie blieben den Tag traurig; Albertine allein nahm eine gezwungene Munterkeit an. Ihr Vater, den dies aufmerksam machte, ging den folgenden Tag verstohlner Weise auf ihr Zimmer. Er überraschte sie den Kopf in die Hand gestützt, in einem Meer von Tränen. »Was gibt's hier?« sagte er; »das ist ein ganz neuer Aufzug, Mademoiselle Albertine!« Sie sprang verwirrt von ihrem Stuhl auf, griff nach einem Buch, wollte Entschuldigungen suchen – »still nur!« sagte er; »ich habe wohl gesehen, daß du nicht gelesen hast. Auch kann ein Buch dich so nicht greinen machen, das laß ich mir nicht einreden.« »Papa!« sagte sie und faßte ein Herz, »tun Sie mit mir, was Sie wollen«, indem sie zitternd ihm nach der Hand griff – »ich liebe den Pfarrer Mannheim.« »Ei, wenn es nichts mehr als das ist«, sagte der Alte, »ich liebe ihn auch. Es steht aber dahin, ob du ihm auch so wohlgefällst, wiewohl seine Krankheit und eure beiden Affengesichter letzthin – ei, laß uns einmal einen Versuch wagen und zu ihm auf die Kammer gehen.« »Nimmermehr!« sagte Albertine, »ich muß es Ihnen nur gestehen, Papa; er hat mir letzt eine Erklärung getan und das ist die Ursache seiner Krankheit.«

»Ei so sollst du hingehen und ihm die Gegenerklärung tun«, sagte der Alte, indem er sie mit Nachdruck an die Hand faßte und zu Mannheim in das Zimmer zerrte. »Ich nehm es auf mich, es bei deiner Mutter und Schwester gutzumachen. Und einen ehrlichen Mann, wie den, und einen alten Bekannten in meinem Hause sterben zu lassen – Mädchen! Mädchen! wenn du mir nicht so lieb wärst –«

Man kann sich vorstellen, was diese letzte Worte, die er hörte, auf den Kranken für einen Eindruck gemacht haben müssen. Eine himmlische Musik in dem Augenblick, da ihm die scheidende Seele vor die Lippen trat, könnte ihm nicht willkommner gewesen sein. Er mußte sich mit Mühe halten, daß er nicht aus dem Bette und ihnen hin zu Füßen stürzte. »Da hast du sie!« sagte der Alte mit den Worten unsers unvergleichlichen Dichters, den er seinen Töchtern allein auf dem Nachttisch erlaubte. Albertine mit niedergeschlagenen Augen und einer unabgewischten Träne auf der Wange, sagte kein Wort. Er sog an ihrer Hand das Leben wieder ein, das er nicht geachtet hatte; er hing mit seinen Lippen dran, als ob ein Augenblick Unterbrechung der Augenblick seines Todes wäre. Die Bewegung ihrer Hand war wie eines Arztes, der seinen Kranken gern wieder gesund sähe; im nächsten Augenblick wollte sie sie wegziehen, aber es schien, als ob ihr die Kraft dazu fehlte. Ihre Geschwister kamen. Der Vater entdeckte ihnen den Vorfall kurz und erwartete ihre Antwort nicht, sondern lief zur Mutter, die er in Tränen herbeiholte. Alle willigten ein. Der Entfernung und der andern Schwierigkeiten ward aus Schonung für den Kranken nicht erwähnt. Alles richtete sich ein, wie er besser wurde.

Man erlasse mir die Beschreibung der Hochzeit. Mit meiner Leser Erlaubnis wollen wir uns in die Tür des Pfarrhofes stellen und unser junges Paar bei seinem Einzug bewillkommen.

Zweiter Teil

Als Albertine ihren Vater und ihre Geschwister, die sie begleitet hatten, aus dem Gesicht zu verlieren und von lauter fremden und unbekannten Gegenständen sich umgeben zu fühlen anfing, verdoppelte sich die Angst ihres Herzens, und folglich auch die Tränengüsse, in welchen diese sich von ihrer frühsten Jugend an Luft zu machen pflegte. Da es ihr nun itzt besonders wegen des Abschieds von den Ihrigen an keinem Vorwand fehlte, beschloß sie, der unbeantworteten bekümmerten Fragen ihres Mannes ungeachtet, sie wolle sich einmal recht satt weinen.

Sie kamen nach einer starken Tagereise vor den Toren ihres Dorfes an. An dem Heck stand der Schulz des Dorfs mit entblößtem Haupte, nebst einigen der Angesehensten aus der Gemeine: »wir haben schon seit Sonnenuntergang auf Sie gewartet, Herr Pfarrer«, sagten sie. »Tausend Glück und Segen zu Ihrer Veränderung!« Mannheim schüttelte jedem von ihnen die Hand, ohne daß er zu antworten imstande war. Sie sahen ihm die innere Bewegung seines Herzens auf dem Gesichte wohl an, und begleiteten ihn mit entblößten Häuptern bis vor die Tür seiner Pfarrwohnung. Dieser Anblick war ein wehendes Abendlüftchen für das ermattete Herz unserer Albertine. Sie hoben sie beim Heraussteigen aus dem Wagen; ihre Freundlichkeit schlug in dem Augenblick, als die rauhen Kerle sie sahen, einen monarchischen Thron in ihrer aller Herzen auf; sie nötigte sie herein, sagte ihrer alten Haushälterin, die sie vor sich fand, sie möchte ihnen allen ein Abendessen machen. Das wäre alles schon bestellt, versetzte jene. Nur drei aus der Gesellschaft nahmen die Einladung der jungen Frau Pastorin an, und baten sie, zu ihrem nicht geringen Erstaunen, mit ihnen vorlieb zu nehmen. Die Gemeine hätte sich die Freiheit genommen, ihren lieben Herrn Pfarrer Mannheim bei einer so außerordentlichen Gelegenheit zu bewirten. »Hier ist mein Assoziierter«, rief Mannheim, der eben mit dem vierten Gast, den er mit Gewalt beim Fortgehen noch von dem Hoftor zurückgeschleppt, in die Stube trat, »diesem wackern Mann, liebe Frau, haben wir alle Ordnung zu danken, die du in unsern Zimmern finden wirst.« In der Tat hatte er während der Abwesenheit des Pfarrers noch verschiedene Zimmer überweißen und die Decke des Hauptsaals, den der Pfarrer, so wie den ganzen neuen Flügel der Pfarrwohnung, auf seine Kosten angelegt, von neuem gipsen lassen, und ihm überdem ein Dutzend sauberer neuer Stühle hineingestellt. Der gute Mann wußte nicht, daß sich Mannheim aus der Stadt Tapeten mitgebracht. Einige andere

Möblen, die Albertine in die Haushaltung mitbekam, trugen nicht wenig zur Verschönerung des Ganzen bei, und das väterliche Silberzeug und Teeservice ließen sie in den ersten Tagen ihrer neuen Einrichtung noch immer in dem freundlichen Wahn, sie sei in dem Hause ihres Vaters.

Die Abendmahlzeit war eine der feierlichsten, die jemals in dem Dorf gehalten worden. Kaum hatten sie eine Viertelstunde am Tisch gesessen, so kam eine große Prozession von Knaben und Mädchen, alle mit Wachslichtern in den Händen, in den Hof eingezogen, stellte sich unters Fenster und brachte der jungen Frau Pastorin eine förmliche Serenade mit den Musikanten, die im Dorf waren, wozu einige der besten Stimmen von ihnen von dem Schulmeister dazu verfertigte Stanzen sangen. Es ward Wein hinausgeschickt; der Schulmeister kam herein und brachte im Namen der ganzen Gesellschaft die Gesundheit des Herrn Pfarrers und der Frau Pastorin aus, wozu die draußen Stehenden mit einem herzlichen Hoch! einstimmten. So beschloß dieser erste Abend und wiegte unser junges Paar auf den Flügeln der Liebe ihrer Gemeine zu einer erquickenden Ruhe ein, die sie wegen der Reise und den mancherlei Abwechselungen so nötig hatten.

Der zweite Tag schien sich ein wenig zu bewölken. Itzt mußten Besuche abgestattet werden, und zwar zuerst bei dem Herrn des Dorfes. Mannheim ließ sich bei ihm zum Nachmittage melden; er schickte zurück und lud sie zum Mittagsessen ein. Nun hatte die Höflichkeit des gnädigen Herrn, der ohnedem eine Zeitlang in französischen Diensten gestanden war, noch eine besondere Springfeder, die war, daß Mannheim mit ihm im Handel wegen einer seiner Zehenden stund, mit deren Einfoderung er, weil er die Kniffe der Bauren nicht kannte, viele Mühe hatte. Die Dame aber und das Fräulein und sein Bruder, welche bei ihm wohnte, nebst einem weiblosen Vetter, die alle nicht aus Deutschland gekommen waren, hatten noch alle das Rauhe, Herbe und Ungenießbare des Adelstolzes, der eben dadurch, weil er seinen Rang andern fühlen läßt, alle Hochachtung, die sein Rang Vernünftigen einflößen würde, zu Boden schlägt, und den gerechten Stolz aller edlen Menschen wider sich empört, die ihm in jedem Augenblick die große Wahrheit zurückzufühlen geben: Kein Mensch kann dafür, wie er geboren ist.

Diese Art Leute beraubt sich aller wahren Schätze und Vorzüge des Lebens. Ihre Verachtung wird von denen mit ihren grenzenden Ständen mit Verachtung erwidert, und, weil sie vor ihren Obern nach ihrem angenommenen Grundsatz wieder kriechen müssen, so sind sie eigentlich die Allerverachtesten unter allen Menschenkindern. Rechnet man dazu die Leerheit in der Seele, die dieses ewige Aufblähen ihrer selbst verursacht, so wird man ihren Zustand, anstatt ihn zu beneiden, in der Tat eher zu bedauren versucht werden.

Auf der andern Seite gibt es einen Stolz der niedern Stände, der ebenso unerträglich ist. Das heißt, wenn sie einen gewissen Trotz, der zu nichts führt, als alle Verhältnisse, die unter Menschen eingerichtet sind, einzureißen, für die notwendigste Eigenschaft eines braven Menschen halten, der sich, wie sie sagen, nicht unterdrücken läßt. Sie bedenken nicht, daß eben dieser Stoß in die Rechte der andern einen Gegenstoß veranlaßt, der gerade das macht, was sie Unterdrückung nennen, und am Ende die traurige Spalte zwischen den beiden Ständen, ich meine dem *Adel* und dem *edlen Bürger* zurückläßt, die einander doch so unentbehrlich sind.

Wenn jeder Teil dem andern *voraus hinlegte*, was ihm gehört, würde jeder Teil auch seinerseits sich zu bescheiden wissen, nicht mehr zu fodern, und lieber aus Großmut etwas von seinen Rechten fahrenzulassen, die ihm der andere aus eben dieser Großmut mit Zinsen wieder bezahlte.

Der gnädige Herr empfing unsern Pfarrer nebst seiner Frau im Speisesaal; die gnädige Frau nebst dem Fräulein ließen sich nicht eher als nach ein Uhr sehen, da sie sich denn, nach einem kurzen Kompliment von weitem, an ihre Plätze setzten, und überhaupt taten, als ob sie der Besuch nicht anginge. Der gnädige Herr, der ein munterer Mann war, setzte die Frau

Pfarrerin zu sich; Pfarrer Mannheim ging und nahm ungebeten seinen Platz zwischen der gnädigen Frau und dem Fräulein, deren Antlitz sich mit Blut übergoß, weil eben dieser Platz dem Vetter vom Hause bestimmt war. Sie geruhten wenig über Tisch zu sprechen, aßen desto mehr, richteten das Gespräch aber immer an den Herrn Onkel und Herrn Vetter, die wenig zu antworten wußten. Pfarrer Mannheim mischte sich in alles mit seiner Beredsamkeit und Weltkenntnis, und hatte bei jedem dritten Wort eine Gans auf der Zunge. Das Wort Gans schlug so oft an die Ohren der gnädigen Frau, daß sie in ihrem Innersten eine dunkle beklemmende Ahndung zu spüren anfing, daß diese öftere Wiederholung ein und desselben Worts kein bloßes Werk des Zufalls sein dürfte, und, wie denn kein Unglück und keine Furcht allein geht, gesellte sich auch zu dieser ihrer Furcht eine noch viel alpmäßig drückendere, es möchten andere in der Gesellschaft eben dieselbe tolle Ahndung haben können; kurz, sie ward so geschmeidig und freundlich gegen ihren Beisitzer, den Pfarrer Mannheim, daß es einem Zuschauer, der von ungefähr dazugekommen wäre, das Werk eines halben Wunders geschienen haben müßte. Sobald sie einlenkte, ward Pfarrer Mannheim auch artiger, und gab ihr auf eine feine Art zu verstehen, daß man einem vernünftigen Mann es durchaus von selbst zutrauen müßte, daß er gegen das, was Wohlstand und Verhältnisse erfoderten, nicht verstoßen werde, daß man ihn aber eben dadurch, daß man dächte, er könne dies und jenes bei andern Gelegenheiten mißbrauchen, in die Notwendigkeit setzte, falls er nicht ein Pinsel wäre, sich bei allen möglichen Gelegenheiten mehr herauszunehmen, als er sollte. »Und überhaupt«, sagte er, »gibt das einen peinlichen Umgang, wenn man in Gesellschaften nichts weiter zu tun hat, als auf seiner Hut zu sein, dem andern nicht zu viel einzuräumen.«

»Ja, wenn der andere ein vernünftiger Mann ist«, sagte der Onkel mit einem sehr gnädigen Blick.

»Von dem rede ich nur«, sagte der Pfarrer. »Sie trinken heute nachmittag den Kaffee im Garten mit uns«, sagte die gnädige Frau. »Haben Sie den *Almanach der Grazien* gelesen?« fragte das Fräulein.

Diese Fragen kamen so unmittelbar aufeinander, daß er sie nicht anders als mit einem ehrerbietigen Bückling und einem feinen Lächeln am Munde beantworten konnte. Er sagte, er wollte den Nachmittag die Gnade haben, der gnädigen Frau und dem gnädigen Fräulein einige Zeichnungen von seinen Reisen in der Schweiz zu weisen, worunter besonders die Gegenden des Pays de Vaux wären, die Rousseau in seiner Heloise so meisterhaft geschildert.

»O Sie sind ein allerliebster Mann«, sagte das Fräulein.

Die Tafel ward aufgehoben. Nun war der Damm eingerissen, der bisher die Konversation gehemmet; alles floß in Geselligkeit und Scherz und – Vertraulichkeit zusammen.

Eine harte Prüfung stand ihnen noch bevor. Als sie alle zusammen in Eintracht in der großen Sommerlaube im Garten um den Kaffeetisch saßen, und die schmeichelnden Frühlingslüfte den Erzählungen Mannheims von der französischen Schweiz einen geheimen Zauber gaben, der ihn mit Einstimmung aller zum Hauptthelden auf der Szene machte – führte das Glück oder Unglück, ganz wie aus den Wolken gefallen, einen nicht eben allzureichen Edelmann aus der Hauptstadt nebst seiner Frau Gemahlin herbei, der eigentlich dort nur die sehr mäßigen Zinsen seines Kapitals verzehrte, auf dem Lande aber überall sich das Ansehn gab, als ob er einen außerordentlichen Einfluß am Hofe und besonders auf den Landesherrn habe, der ihn weiter nicht als Figuranten in der Antichambre zu kennen das Glück hatte. Diese Erscheinung war wie ein Hagelwetter nach einem Sonnenschein; alle Gesichter fielen in ihre angeborne Karikatur zurück, und Öde und Leere, wie ehmals im Chaos, herrschte nun in der Gesellschaft. Pfarrer Mannheim hielt es nicht für nötig, mit seinem Weiblein davonzuschleichen, so sehr ihm die Augen aller Anwesenden es zu raten schienen; er faßte gleich beim Eintritt des Fremden seinen Stuhl an, damit ihm dieser nicht etwan im Hurly Burly genommen werden könnte, war aber übrigens ungemein ehrerbietig und zurückgezogen bei den ersten Komplimenten. Kaum hatte der Fremde und der Hausherr sich gesetzt, so nahm er und seine Frau ihren alten Platz ein, so daß wahrhaftig für das gnädige Fräulein und den Herrn Vetter kein Stuhl mehr übrigblieb, und sie genötigt waren, den Bedienten unverzüglich nach einem zu schicken. »Das ist der berühmte wunderbare Herr Pfarrer Mannheim«, sagte der Hausherr, um diese Reibung der Gesellschaft zu maskieren, »der aus seinen Bauren Edelleute und aus seiner Kirche eine Akademie der ökonomischen Wissenschaften machen will.«

Diese hohe Ankündigung sollte auf einer Seite dem neuen Gast alle Befremdung, einen Prediger in dieser Gesellschaft zu finden, ersparen, auf der andern dem Pfarrer Mannheim auf eine sehr subtile Art eine Erinnerung geben.

Der Höfling, dessen Augen ohnehin immer zusammengezogen waren, tat, als ob er den Pfarrer Mannheim nicht sähe.

»Es ist mir wenigstens schmeichelhaft, gnädiger Herr«, sagte der Pfarrer Mannheim, »daß unser Landesfürst mich durch ein eignes gnädiges Handschreiben seines Beifalls versichert hat.«

Es war, als ob er eine Rakete unter die Leute geworfen; alle Augen waren auf ihn gerichtet.

Unterdessen kamen die Stühle für das Fräulein und den Herrn Vetter an.

»Und ich hoffe, daß nächstens«, fuhr er fort, »auf meinen untertänigsten Vorschlag, in Ansehung der Austeilung der neuen Kopfsteuer, wie mir Se. Exzellenz der Präsident von der Kammer versichert haben, eine eigene Kommission von seiten der Kammer und eine andere von seiten unsers Oberamts niedergesetzt werden soll, um die eingeschlichenen Mißbräuche zu heben, die den Landmann so sehr beeinträchtigen, als die landesfürstliche Kasse.«

»Das wäre in der Tat sehr nötig«, sagte der Herr vom Hause.

Der Höfling maß ihn mit seinen Augen, welches der Pfarrer Mannheim erwiderte.

Auf ihrer Seite tat Albertine alles Mögliche, um das Fräulein zu besänftigen, die, wegen des Vorfalls mit den Stühlen und wegen ihrer Entfernung von der neuangekommenen Hofdame, sich noch gar nicht erholen konnte. Sie sprach mit ihr von einigen neuen Kopfzeugen, die sie aus ihrer Vaterstadt mitgebracht, und von denen sie ihr das Muster schicken wollte. Das Fräulein nickte mit dem Kopf und lächelte, daß man geglaubt hätte, sie weinte. »Das, was die gnädige Frau aufhaben«, fuhr Albertine sehr laut fort, »ist eben keins von den neuesten.« Die Hofdame schlug die Augen fest vor sich nieder. »Indessen«, sagte Albertine weiter, um sie zu trösten, »ist es nach meinem Auge von unendlich mehrerem Geschmack, als die neueste Art mit den fatalen Fledermäusen und dem Gesimse auf dem Kopf.« Der Höfling wandte sein Auge bei diesen Worten, die mit einiger Laune ausgesprochen wurden, mitten in dem tiefsinnigsten Gespräch mit dem Herrn vom Hause, auf die Frau Pastorin.

Der Pfarrer Mannheim, der schon wieder als Insel dasaß, und wohl merkte, daß das tiefsinnige Gespräch der beiden Herren sich auf nichts herumdrehte, als daß beide etwas leise gegeneinander die Lippen rührten, ohne daß einer von den Worten des andern das geringste verstund – fuhr mit einer neuen Rakete zwischen ihnen drein.

»Ich muß mich sehr wundern«, sagte er und richtete sich gerade an den Herrn vom Hofe, der ihm schon durch das allgemeine Gerücht bekannt war, »daß die meisten Herren von Adel ihre Kapitalien hiesigen Kaufleuten anvertrauen, wo sie doch so unsicher stehen, und sich nicht nach Holland wenden, das wir so nahe haben, und wo ich durch sichere Briefe weiß, daß die Konkurrenz bei gegenwärtigem Kriege viel größer ist.«

»Wie meinten Sie das«, fragte der Herr vom Hofe, und rückte seinen Stuhl näher –

Pfarrer Mannheim tat, als ob er diese Frage nicht hörte, sondern stand in dem nämlichen Moment vor der gnädigen Frau, von der er sich mit einem sehr tiefen Bückling beurlaubte, alsdann seine Frau an die Hand nahm und sie denen Herren zum Abschied präsentierte, die außerordentlich höflich waren. Der Herr Vetter, der den Augenblick in den besten Humor von der Welt kam, bat sich die Erlaubnis aus, sie nach Hause zu begleiten; Pfarrer Mannheim verbat sich's, weil vermutlich sein Kutscher auf ihn wartete; der junge Herr hob sie also in den Wagen, und so endigte sich dieser Besuch.

»Wir wollen ihn einmal besuchen«, sagte der Herr vom Hause, als er fort war. »Der Mann gefällt mir besser als die Frau«, sagte die Hofdame. »Mir auch«, widerhallte das Fräulein. Der Vetter, der zurückgekommen war, lächelte, wie einer, der vergnügt ist, ohne zu wissen warum. Alles ging wieder in betäubende Stille über.

Als sie nach Hause gekommen waren, bat Albertine ihren Mann sehr ernstlich, daß sie doch heute keine Visite mehr machen wollten. Er bestand aber drauf, den Abend bei seinem Assoziierten zu essen, welches auch geschah. Beide kamen merklich vergnügter von dort nach Hause, als sie beim Mittagessen gewesen waren. Denn da waren sie die streitende Kirche, hier aber die triumphierende, und sie verbreiteten, durch ihre Freundlichkeit und Gesprächigkeit, so viele Freude bei diesem wackern Bürger, dessen Haushaltung gewiß mit so vielem Geschmack eingerichtet war, als die Haushaltung des wohlhäbigsten Kaufmanns in der Stadt es nur immer sein kann, daß er ihnen gern sein Herz aus dem Leibe vorgesetzt hätte.

Albertine, welche ihren Mann inständigst bat, sie soviel möglich aller sogenannten Staatsvisiten zu überheben, fing nun an, das Bedürfnis nach Gesellschaft, das heißt einer Gesellschaft, die ihr nach Herz und Sitten gleichgestimmt war, ziemlich lebhaft zu spüren. Sie wollte es ihrem Manne anfangs nicht sogleich gestehen, aber alle ihre geheimsten Korrespondenzen nach Hause waren voll davon. Der Mann hatte sein Amt; er hatte vor allen Dingen seine wirtschaftlichen Angelegenheiten, die ihn oft den ganzen Tag foderten, so daß er nur wenige Abendstunden der Erholung in dem Schoße seines Weibes widmen konnte; sein eigen Herz flüsterte es ihm gar bald zu, daß seine Frau unmöglich den ganzen Tag allein bleiben könnte; er traf also ingeheim Verfügungen, und eben als er an einem Nachmittage seiner Frau, die einen Augenblick in den Garten gegangen war, ihren Salat zu besehen, ein Briefchen aus ihrem offenen Schreibpult stahl, in dem sie mit folgenden Worten ihr Herz gegen eine Freundin erleichtert:

»Den besten Freund meines Lebens an meiner Seite, in einem Hause, wo es mir an nichts fehlt, und jeder meiner Wünsche mir durch die Sorgfalt meines Mannheims entgegeneilt, fehlt mir doch immer noch ein Herz, das mein Glück, selbst das Glück, so geliebt zu sein, als ich bin, mit mir teilt, sich mit mir freut, wenn ich närrisch bin, mit mir das Maul hängt, wenn der Himmel trüb ist: liebes Lieschen, das bist du – –«

Man stelle sich vor, wie unserm Weiblein zumut ward, als sie über ein Krautbeet sich emporhob, einen Wagen im Hofe rasseln hörte, unter ihrem Sonnenhütchen heraussah, und in dem Augenblick sich von den Armen eben desselben Lieschens umschlungen fühlte, an welche sie den obigen Brief unvollendet gelassen. Ihn mit dem offenen Briefe in der Hand die Treppe hinunterstürzen, sie mit ihrem lieben Lieschen an der Hand, als ob es von ungefähr geschehen, ihm entgegenfliegen – und hernach aus diesem süßen Traum mit der Empfindung aufwachen zu sehen, daß er ihr von ihrem Mannheim zu rechter Zeit geschickt war – überlasse ich dem teilnehmenden Herzen meiner Leser und Leserinnen sich selber abzuschildern.

Das Bedürfnis seiner Frau war befriedigt; aber nachdem dieses kleine Trio eine Zeitlang gedauert, fühlte er, daß sich für sein Herz ein ähnliches anhub. Er sann also ein Befriedigungsmittel aus, das ich mich nicht enthalten kann zum

Besten des Ganzen allgemein bekannter zu machen, besonders, da ich es nur, als ein sehr schlecht gekritzeltes Kupferblatt, von einem Originalgemälde kopiert habe, das zu allgemein bekannt und verehrt ist, als daß es meines Lobes bedürfte. Es ist das große Gemälde deiner Haushaltung, mein S –, das ich vor Augen habe, und von dem ich gern Modelle für alle mögliche Klassen von Menschen vermannigfaltigen möchte.

Er wußte, welch eine unangenehme Epoke im menschlichen Leben der Übergang vom Jünglingsalter zu männlichern Geschäften macht, und wie nötig jungen Leuten, die von der Akademie kommen, oder sonst in dem Vorbereitungsstande zu wichtigern Geschäften stehen, ein Hafen sei, in welchem sie ihr Schiff takeln, kalfatern und segelfertig machen können, ehe sie es wagen dürfen, es vom Stapel abzulassen. Er machte also seine Spekulationen auf diese Vorbereitungsjahre edler Jünglinge, die nicht durch Kriechen, oder sich an Schürzen Hängen, sondern durch das Bewußtsein innrer Kräfte in Ämter, oder zu Künsten aufgenommen zu werden strebten, und öffnete ihnen, sobald er diesen Funken in ihnen entdeckte, sein Haus ohne Ausnahme, gegen keine andere Entschädigung, als daß sie einige Stunden von ihren täglichen Beschäftigungen zu dem Umgange mit ihm und seinem Hause abbrächen, der ihnen in allen Rücksichten nicht anders als höchst vorteilhaft sein konnte. Hier hatte er eine beständige Unterhaltung für seinen Geist und sein Herz, und schuf sich eine Menge Freunde von so mannigfaltigem Charakter, Talenten und äußeren Beziehungen, daß es eine wahre Weide für seine Seele war, sie mit all ihren Eigenheiten, und auszeichnenden Bestimmungen in ruhigen Stunden vor seiner Einbildung vorbeigehen zu lassen, und der Stoff zur Unterredung mit den Seinigen niemals fehlen konnte. Alle diese verschiedenen Menschen breiteten sich nachher bald hie bald dort hin aus, und das edelste Gefühl im Menschen, das unter allen am letzten unterdrückt werden kann, die Erkenntlichkeit, die sie von ihm mitnahmen, machte, daß sie, wenn sie in bessere Verfassungen gekommen waren, seiner weder in Briefen noch in Aufträgen, die er an sie hatte, jemals vergessen konnten, wodurch denn seine Korrespondenz und sein Wirkungskreis einer der angesehensten im Königreich war.

So ward sein Haus in gewisser Art eine Akademie der Künste und Wissenschaften, weil sich Künstler und Gelehrte zu ihm flüchteten. Er hatte dabei keine weitere Unkosten, als daß er ein paar Zimmer in seinem Hause für sie zurichten ließ, und denen, welche mäßig waren, wie es echte Künstler und Gelehrte immer sind, mittags und abends eine Serviette mehr hinlegen ließ, welches in einer Haushaltung auf dem Lande kaum merklich wird. Vom Tee und Kaffee und Tabak war in seinem Hause niemals die Rede, wohl aber von Obst und Früchten, wie es die Jahrszeit mit sich brachte.

Vielleicht wird es einige meiner Leser interessieren, zu erfahren, wie Albertine ihrem Manne den Rauchtabak, und er ihr zur Dankbarkeit den Kaffee abgewöhnt. Albertine hatte ihm einigemal gesagt, daß sein Zimmer übel röche, und daß sich der Geruch in seine Kleider zöge; er spottete ihrer falschen Delikatesse, nahm seine Tabaksdose, sie zu quälen, auf ihr Zimmer und rauchte ihr beim Vorlesen den ganzen Abend vor. Sie ließ es hingehen. Einen Monat mochte vom Tabak gar nicht wieder die Rede gewesen sein, als er auf einmal an einem Morgen seinen kleinen Johannes, das erste und nun schon zweijährige Söhnchen, das sie ihm geschenkt hatte, mit einer langen tönernen Pfeife im Munde gewahr ward. »Frau«, sagte er, indem er rot ward und dem Kleinen nicht ohne Widerstand die Pfeife aus den Händen nahm, »das Spielwerk taugt nichts für Kinder.« Die Frau verbiß ein geheimes Lächeln und sah emsig auf ihre Arbeit. Er kam den Abend wieder mit seiner Pfeife auf ihre Stube; den Morgen fand er seinen kleinen Jungen wieder in der nämlichen Stellung. »Was ist denn das mit der Pfeife?« sagte er, und konnte sich nicht enthalten zu lachen und zugleich noch röter zu werden. »Kann ich's ihm abgewöhnen«, sagte sie mit der größten Sanftmut, »wenn er dich alle Abend rauchen sieht? Du weißt, wie die Kinder sind; alles, was die Alten tun, macht ihnen Freude.« »Und wer hat ihm die Pfeife gekauft?« fragte Mannheim und versteckte seinen Kopf an ihrer Brust; hier fand sie es für gut, ihm aus dem Stegereif eine kleine Gardinenpredigt über das Rauchen, sobald es Gewohnheit wird, zu halten. »Es ist eine Kette«, sagte sie, »an der du ziehst, die dir alle deine übrigen Vergnügungen verdirbt, darum nur, darum habe ich was dagegen einzuwenden. Du bist nirgends ruhig, wenn dich nicht die Pfeife begleitet, und du magst es dir verhehlen, wie du willst, es bleibt immer eine kleine Unreinlichkeit. Ich habe einen Menschen gekannt, der sich parfümierte, wenn er geraucht hatte, und er kam mir gerade so vor, wie ein Schinken, den man aus dem Rauch nimmt, und eine Sauce von Zitronen dran macht. Überlassen wir das Rauchen den Unglücklichen, die keine andere Freude haben, den Walfischfängern in Grönland, oder den Negern in Zuckerplantagen, die ein Opium brauchen, um sich gegen ihr Elend zu betäuben, aber du, im Schoße des Glücks, in meinem Schoße« – hier faßte sie ihn mit unaussprechlicher Schmeichelei unter das Kinn. Er ging trotzig fort. Den Abend ward Pfeife und Tabak in den Ofen geworfen, und den Morgen ließ er sein Studierzimmer von neuem ausweißen und flüchtete in das Zimmer seiner Frau.

Nach langer Zeit ward er inne, daß seine Frau es mit dem Kaffee hielt, wie er mit dem Rauchtabak. Ihr war nicht wohl, wenn sie des Morgens ihren Kaffee nicht genommen, und sehr oft überfiel er sie mit ihrem Lieschen auch des Nachmittags am Kaffeetisch, wo sie einander wie wahre Stadtweiber, die Schale in der Hand, mit den Neuigkeiten ihrer Korrespondenzen unterhielten. Sobald sein Weib oder ihr Lieschen übles Humors war, ward es hernach zur Gewohnheit, daß zweimal Kaffee getrunken werden mußte. Er wollte beide einmal auf die Probe setzen, und las ihnen bei Tisch einen erdichteten Brief vom Präsidenten vor (mit dem er wirklich korrespondierte), in welchem dieser ihm meldete, es würde nächstens eine landesfürstliche Verordnung bekanntgemacht werden, worin allen Privatpersonen ohne Ausnahme der Gebrauch des Kaffee bei schweren Geldstrafen untersagt werden würde, dafern sie sich nicht eine unmittelbare Erlaubnis vom Landesherrn durch Bezahlung einer dazu ausgesetzten Geldsumme auswirkten. Seine Frau und Lieschen sahen einander an; beide suchten die verschiedenen Empfindungen, die diese Neuigkeit in ihnen veranlaßte, jede auf ihre Art, zu verbergen, endlich konnte sich Lieschen nicht länger halten, und brach aus: »Werden Sie uns diese Erlaubnis denn kaufen?« Mannheim lächelte. »Du würdst wohl ohne Kaffee nicht leben können, aber ich hoffe, was meiner Frau gut ist, wird dir auch recht sein.« Hierauf setzte er ein sehr ernsthaftes Gespräch mit einem seiner jungen Freunde fort. Als er vom Essen aufstand, und sie küssen wollte, stürzten zwei unbändige Tränen, die sie mit aller ihrer Mühe und Kraft beim Essen zurückgehalten hatte, ganz wider ihren Willen und Absicht, von den Wangen der armen Albertine den mutwilligen Lippen Mannheims entgegen, die sie wollüstig aufschlürften. »Und so weinst du denn, meine liebe Frau«, sagte er laut und triumphierend, »und meinst, der Kaffee sei keine Kette, kein Opium, das dich für alle andere Vergnügungen taub und ungestimmt macht. Wenn haben unsere Vorfahren Kaffee getrunken, die doch auch ihre Freude hatten, und herzlicher als wir. Trinken wir den Kaffee, wie sie, als etwas Außerordentliches, als etwas, das alle Jahre einmal kommt, und bloß etwas zu lachen gibt, gewöhnen wir unsere Nerven aber nicht an einen Opiat, der viel feiner und reizender, und eben deswegen auch viel schädlicher ist, als der Tabak und das Opium selber. Der Kaffee ist in der Tat nur eine galante Unreinlichkeit, und ich bin versichert, daß der saubere Porzellan, in den wir ihn fassen, das meiste und vielleicht das einzige zu seinem Wohlgeschmack beiträgt. Können wir aber nicht ebensowohl von porzellanenen Kredenztellern Obst und andere Sachen essen, die unsern Nerven nichts schaden, und uns nicht zur schädlichen Gewohnheit werden?« Albertine ließ sich diesen Nachmittag einige Pfirsiche heraufbringen, und, wenn Fremde zu ihr kamen, setzte sie ihnen Wein, eingemachte Sachen und Obst vor, wobei die Munterkeit und das Scherzen und das Hüpfen und die Pfänderspiele und das Tanzen und das Jauchzen viel allgemeiner wurden. Des Morgens war ihr Frühstück ein Äpfelkuchen, oder ein Butterbrot, oder sonst etwas, wovon ihnen nur ein Gelüste durch den Kopf zog, nie aber banden sie sich an etwas und sie schämten sich hernach nicht wenig, als ihnen Mannheim sagte, der Verbot vom Kaffee sei nur eine Erfindung von ihm gewesen. Mannheim aber und seine Gäste frühstückten, nachdem es der Phantasie der Frauenzimmer beliebte.

Tausend Veränderungen, tausend drollige Szenen jagten einander in diesem glücklichen Hause, welche, durch die Erfindungskraft der Frauenzimmer sowohl, als der jungen Fremden, die Mannheim herbergte, entstanden. Bald ward eine Komödie gespielt, bald eine Wallfahrt in die benachbarten Gebirge angestellt, bald eine allgemeine Verkleidung in Bauren und Bäuerinnen vorgenommen, die denn zur Heumachenszeit auf den Wiesen von Johannes Mannheim et Compagnie die nötigen Arbeiten meisterlich verrichteten, im Grünen ihre kalte Milch aßen und dergleichen. Oder, es wurden im Winter Schlittenfahrten angestellt, wobei Johannes Mannheim seine erste Deklaration oft wiederspielte* und sich dafür von der ganzen Gesellschaft weidlich auslachen ließ. Das größte Vergnügen hatten sie bei der Ernte, wo sie sich unter Schnitter und Schnitterinnen mischten, und mit ihnen hernach die Mahlzeit aßen.

Nach und nach fing der Wurm der Begierde, öffentlich bekannt zu werden, an, in diesem harmlosen Herzen zu wühlen. »Bin ich es denn nicht«, sprach er zu sich selber, »durch die guten Menschen, die ich bei mir bewirte, durch die vielen Briefe, die ich von allen Seiten erhalte, durch die Reisenden selber, die meine Haushaltung zu sehen neugierig sind?«

* Siehe den ersten Teil.

Aber doch der Wunsch, gemeinnützig zu werden, nicht eben ein Philanthrop, oder Kosmopolit, aber doch ein Mann zu sein, der mehrern Menschen seine Existenz zu fühlen gibt. Er trug diesen Wurm und drückte und unterdrückte ihn, aber doch bei gewissen Gelegenheiten, wenn's ihm aus den Augen verschwunden war, daß sein Beispiel das ganze Dorf zu einem der wohlhäbigsten im Königreich gemacht, und das Beispiel dieses Dorfs mit der Zeit für die benachbarten Dörfer, und also, wie alle Handlungen ins Unendliche gehen, für das ganze menschliche Geschlecht ansteckend werden würde – fiel ihm dieser Lindwurm mit so unheilbaren Bissen wieder an das Herz, daß es ihm manche trübe Stunde machte. Niemand auf der Welt, selbst das Auge seiner Albertine, dem doch kein Winkel seines Herzens verborgen blieb, hätte wohl jemals diese geheime Springfeder einiger seiner üblen Launen ausfindig machen können. Kurz, es war – der schlimmste Sauerteig, der seit Adams Fall im menschlichen Herzen gegärt hat – es war der Autor, der das Haupt in ihm emporhob. Den ersten Keim dazu hat ein Einladungsschreiben von einem Journalisten, doch von Zeit zu Zeit einige Rezensionen in sein Journal zu fertigen, so tief in seine Seele gelegt, daß es mit all seiner Mannheit unmöglich war, ihn ganz auszureuten.

»Wenn's auch nur eine Heilsordnung wäre«, sagte er sich manchesmal. Denn zu Rezensionen fühlte er gleich von Anfang die größte Abneigung. Sein Urteil andern Menschen aufbinden zu wollen, war nie sein Fall gewesen. Und der Stolz, der sich da hineinmischt, war ihm eine peinlichere Empfindung, als die größte Demütigung, die er hätte erleiden müssen. »Ein solcher Mensch«, sprach er zu sich selbst, »macht, wenn andere und besonders vernünftige und gescheute Leute seinem Urteil nicht beipflichten, sein Leben zur Hölle und umsonst hat der Mund der Wahrheit nicht gesagt: Richtet nicht, daß ihr auch nicht gerichtet werdet.«

Aber die Autorschaft – andern Leuten Brillen zu schleifen, wodurch sie sehen können, ohne welche ihnen tausend

Sachen verborgen blieben. – »Es ist doch groß das«, meinte er.

»Vor alten Zeiten schrieben die Prediger Postillen; als der Postillen zu viel waren, ward darüber gelacht und gespottet, da setzten sie sich auf ihre Kirchhöfe (die mehrstenmale freilich nur in Gedanken) und lasen den unsterblichen Engländer, den erhabenen Young. Da erschienen *Christen bei den Gräbern, Christen in der Einsamkeit, Christen am Morgen, Christen am Abend, Christen am Sonntage, Christen am Werktage, Christen zu allen Tagen und Zeiten des Jahrs.* Die Buchhändler wollten deren auch nicht mehr, und warum sollte ein Prediger nicht auch durch Romanen und Schauspiele nützen können, wie durch Predigten und geistliche Lieder? Der Nutzen müßte noch weit größer sein, weil dergleichen Bücher in weit mehrere Hände kommen, weit begieriger gelesen werden, wenn es dem Verfasser an Witz nicht mangelt und –«

Wir setzen mit Fleiß diese lange Stelle aus dem Selbstgespräch des ehrwürdigen Johannes Mannheim her, um unsern Lesern ein Pröbchen, wie weit in so kurzer Zeit durch einige Zeilen nur die verborgene Radix Ruhmsucht in diesem gesunden Herzen aufgegäret war und sich seinen edelsten Säften mitgeteilt hatte. Fast ein ganzes Vierteljahr wälzte er's mit sich im Bette herum, einen Roman im Geschmack des Richardson oder Fielding der gelehrten Welt vorzulegen; verschiedene Begebenheiten aus seiner eigenen Lebensgeschichte hineinzuspinnen, das Ganze aber etwan als die Geschichte eines Prinzen, oder eines Ritters, oder eines – Bauren oder eines – was weiß ich's, einzukleiden, das noch nicht vorgekommen wäre, nota bene. Der gute Mann bedachte nicht, daß durch seine freiwillige Entfernung von dem, was man große Welt nennt, und überhaupt von dem Gange der menschlichen Angelegenheiten in Städten und an Höfen, so wie von dem Ton der Gesellschaften und dem Hervorstechenden in Charakteren und Sitten, sich ihm alles nur durch das Prisma seiner Korrespondenz, oder des

Hörensagens, oder gar gewisser Bücher, bald – dreieckig, bald – rautenförmig, bald – vieleckig, bald spitz, bald stumpf, bald platt weisen würde, was sonst schlechtweg rund oder gerade war, und umgekehrt. Die Begierde, ein Romanschreiber zu werden, drückte und folterte ihn Tag und Nacht, wo er ging; was er sah, was er anrührte, wollte er alles in seinen Roman bringen und der arme Mann saß beständig in seiner fröhlichen Gesellschaft da, wie ein Elefant mit einem Ring in der Nase –

»Hol' der Henker Roman und alles« – schrie er eines Tages überlaut beim Mittagessen, als ihm kein Bissen Brots mehr schmeckte – seine Frau und Lieschen starrten ihn mit großen Augen an – und einer seiner Fremden, der durch die Sympathie was davon geahndet haben mochte, fing überlaut an zu lachen. »Kinder, ich muß euch gestehen«, sagte er, und wischte sich den Schweiß von der Stirne, »ich bin einige Monate her nur halb bei euch gewesen – aber es ist vorbei, gottlob! und ich hoffe, es soll nicht wiederkommen.« »Wie, Mann!« fing Albertine an, »du hast doch wohl keinen Roman schreiben wollen.« »Was denn anders?« sagte Johannes Mannheim, »der Teufel hat mich versucht und du hast mir helfen sollen. Aber, laßt uns von was anders sprechen, und wer unter euch sich untersteht, mir von dem Roman auch nur mit einer Silbe wieder zu erwähnen, den erkläre ich für den allertödlichsten Feind, den ich in meinem Leben gehabt habe.«

Den Nachmittag war er in einer Laune, daß ihn alle die Seinigen hätten fressen mögen. Besonders merkte dies sein alter Assoziierter, der seit einiger Zeit einen so schläfrigen Gang in seinen Wirtschaftsgeschäften wahrgenommen, daß er hundertmal auf dem Sprung stand, deswegen zu ihm zu gehen, wenn ihn nicht immer die Ehrfurcht, mit der er ihn sonst zu behandeln gewohnt war, zurückgehalten hätte. »Gott tröst'« sagte er den andern Tag zu Albertinen, »was ist mit unserm Herrn Pfarr vorgegangen? Er ist ein ganz andrer Mensch, als er diese ganze Zeit über war. Ich dachte schon, er wäre krank, oder müßt' ihm sonst was fehlen im Unterleib. Wie es den gelehrten Herren zu gehen pflegt.«

Nichtsdestoweniger hat man nach dem Tode unsers Johannes Mannheim einige fürtreffliche Traktate gefunden, die in einer Sammlung seiner Schriften sämtlich zu Amsterdam in groß 8vo herausgekommen sind. Darunter war eine *Abhandlung von der Viehseuche, von den Pferdekuren, von dem Wieswachs* und *dem Nutzen der englischen Futterkräuter, von dem Klima* und dessen Einfluß auf Menschen, Tiere und Pflanzen, besonders der *Bevölkerung*, worinnen Blicke in die Menschennatur und in die allgemeine organisierte Natur waren, die einem Montesquieu würden haben erröten machen. Er fand das große Geheimnis der Ähnlichkeit des Menschen mit der ganzen Schöpfung, die ihn umgibt, ja er fand, welches Montesquieu selbst nicht gesucht haben würde, selbst die Unterschiede der Regierungsform in der Natur des Bodens und dem Einfluß desselben auf Charaktere, Sitten und Meinungen seiner Bewohner. Durch diesen Schlüssel erklärte er die wunderbarsten Phänomene in der Geschichte und noch Erscheinungen, die heutzutage sich ergeben, auf eine Art, die keinen Zweifel übrigließ. Vorausgesetzt, daß er Handel und Veränderungen dieses Bodens und seiner Produkte mit zu den Ursachen rechnete, ferner, daß er abrechnete, was herumziehende Nationen wie z. B. die Römer selbst anfangs, wie hernach die Longobarden, die Goten, die Alemannen und Franken selber, von ihrem Boden und von ihren Sitten mitgebracht, das sich hernach mit der neueren Denkart vermischt. So behauptete er, die Römer wären eigentlich bis zu den Zeiten der Kaiser keine *italienische Nation* gewesen, sondern ein Haufen Kriegsleute, der sich beständig zu wehren hatte und alles unter sich bringen wollte, weil er diese Tapferkeit und den kriegerischen Hang mitgebracht. Unter den Kaisern wies sich erst der Einfluß des Bodens, der sie zu einer Nation machte, die von der heutigen italienischen durch wenig Schattierungen unterschieden ist. So leitete er von den Steinkohlen die Melancholie der Engländer, von dieser ihren Eigensinn, ihre Freiheitsliebe, ihre Regierungsform: von den flüchtigen Weinen der Franzosen ihren Leichtsinn, von dieser ihre Sorglosigkeit für die öffentlichen Geschäfte, von dieser ihre Liebe zur Monarchie, wo alles von selbst geht und sie sich nur zu bücken und zu schmeicheln haben, um höher zu kommen. Von dem rauhen Klima der Deutschen und dem Bier ihre Festigkeit, wobei er jedoch die Einschaltung machte, daß seit dem häufigen Gebrauch des warmen Wassers, besonders des Kaffee, diese Tugend sehr abgenommen und in eine weibische Weichlichkeit und Unentschlossenheit ausgeartet wäre, die, wenn sie nicht noch bisweilen vom Boden und Himmel überstimmt würde, den ganzen Nationalcharakter verändern könnte. Aus dieser Festigkeit und Mannheit leitete er die ganze Verfassung des h. Römischen Reichs her, und zeigte, daß sie in ihren Grundfesten nicht zu erschüttern wäre, es müßten denn die Sitten der Nation ganz umgegossen werden. Deutschland wäre das einzige Reich in der Welt, wo sich die alte Lehnsverfassung noch bis auf den heutigen Tag erhalten, eine Menge kleiner Fürsten nebeneinander, die unter ihren Lehensleuten und Vasallen herrschten, nur sollte der Adel nicht ungekränkt fremde Dienste nehmen dürfen, weil es wider die Lehenspflicht sei. So aber, wenn sie lang in fremden Ländern lebten, verlören sie ihr Deutsches, ihre Mannheit und Festigkeit, ihren Trotz für ihre Rechte und die Rechte ihres Landesherrn, ihre Anhänglichkeit an ihren Boden, brächten weibische Unentschlossenheit statt guten Sitten zurück, und könnten leicht Knechte des ersten werden, der sie finde. Übrigens gestand er selbst ein, daß nichts liebenswürdiger sei, als ein Deutscher, der gereist hat, ein Franzose, der alt geworden ist, und ein Engländer, der lange Jahre unter den Russen gewesen. Den Despotismus dieser Nation schrieb er der Strenge ihres Klima, der Kargheit ihres Bodens und dem daher rührenden Mangel des großen Haufens der Einwohner zu, denn überall, wo Mangel ist, ist Despotismus, weil der, der sich nicht zu helfen weiß, sich alles blindlings gefallen läßt.

Alle diese Sachen aber verhehlte Johannes Mannheim sorgfältig den Seinigen, weil er den Schatz seiner Erfahrungen und seiner drüber angestellten Meditationen seinem Sohn als ein Erbstück hinterlassen wollte, das ihm noch nach seinem Tode zu einer Art von Führer und Schutzgeist durch die Welt dienen könnte. Wir werden in der Folge sehen, wie sein Sohn sich gegen das Andenken seines Vaters dankbar erwiesen.

Albertine aber, anstatt sich von dem Beispiel ihres Mannes warnen zu lassen, ließ sich von demselben anstecken, und Gedanken, die nie in ihrem Herzen aufgekommen waren, verderbten auf einmal die Unschuld ihrer Seele.

An einem schönen Sommerabend, da die kleinen gefleckten Wolken, wehmütig und rührend wie Engel, um die scheidende Sonne hingen, konnte sie ihrem Herzen nicht widerstehen; sie zitterte, nahm ihr Mäntelchen und ihre Kappe und ging ganz allein in die kleine Wiese hinten am Hause hinaus, wo der Bach sich im Widerschein des Himmels wollüstig langsam dahin wand. Sie warf sich in ein Gesträuch, das neben ihm stand, und, fast wie der Allmutter Eva, nach Geßners reizender Beschreibung,* ihr erster Sohn ohne Schmerzen geschenkt ward, ward ihr hier das erste Gedicht verliehen, das sie, mit warmem schlagendem Herzen und sich jagenden Tränen auf den Backen, ihrem Mann und ihrer Freundin machte. Sie kam nach Hause; man sah eine außerordentliche Bewegung ihrem Gesicht an. »Was hast du?« fragte der Mann, der ihr im Hoftor entgegentrat. Sie wies ihm ihre kleine Täfelchen (Tablettes, wie man sie in Frankreich nennt), auf die sie mit Bleistift ziemlich unleserlich einige Verse geschrieben hatte, die sein sympathetisches Gefühl sogleich entzifferte. Ein langer Handdruck, eine stumme Umarmung waren der ganze Dank, den er ihr gab. »Ich werde sie abschreiben und deiner Freundin vorlesen«, sagte er, und steckte die Täfelchen zu sich.

* im Tode Abels.

Das geschah. Aber er löschte die Bleistift aus und gab ihr die Verse nicht wieder. Sie bat ihn oft drum. »Ich will's dir vorlesen«, sagte er, wenn sie's zu arg machte.

Nun fing sie an, öfter nach demselben Fleckchen zu gehn und sich dort in Begeisterung zu setzen. Sie machte in demselben Gesträuch ein Gedicht auf den Morgen, das sie ihrem Mann brachte. »Ich will's behalten«, sagte er; »aber da, da und da hast du dieselben Gedanken wieder gebraucht, die im ersten waren, nur unter einem andern Kleide und du merkst wohl, daß das bei weitem nicht so herzlich ist. –

Wenn ich dir raten kann, mach keine Verse mehr.«

»Wenn es dir keine Freude macht«, sagte sie mit einem etwas finstern Gesicht –

»Nein, es macht mir keine«, versetzte er mit einem ungewöhnlichen Ton. Sie ging fort.

Das Fleckchen ward unaufhörlich besucht, und alle Sachen, die dort gemacht wurden, Lieschen vorgelesen, die sie denn, wie natürlich, alle außerordentlich fand und sich in ein gichterisches Entzücken darüber versetzte. Mannheim, der sie bisweilen behorchte, grämte sich innerlich.

Lieschen machte auch Verse. Sie wurden gegen ihn damit geheimnisvoll und zurückhaltend, aber sie waren es nicht gegen die Welt. Lieschen hatte einen Bekannten, der ein schöner Geist war. Dem wurden die Sächelchen zugeschickt. Er machte ein Wesens davon, daß die große Bühne des Himmels hätte einfallen mögen. Zu großem Glück fiel sein dithyrambischer Brief darüber Johannes Mannheim in die Hände. Er hatte ihn gerade an seine Heva gerichtet, und, da Mannheim in der Geschwindigkeit nicht nach der Aufschrift sah (denn er pflegte niemals Briefe an seine Frau aufzumachen), fiel ihm dieser Schlangenkopf gerade in die Augen, als er seinem Weibe den giftigen Apfel reichte. Er verbarg ihn in seinen Busen, ging zu seiner Frau aufs Zimmer und fragte, ob sie den Nachmittag spazierengehen wollte, er wollte sie in eine Gegend führen, wie sie in ihrem ganzen Leben noch nicht gesehen hätte. Nichts konnte der Frau willkommener sein, als ein so poetischer Antrag, wo sie neue Ideen zu einer Ode zu sammlen hoffte, die sie schon lange *über die Einsamkeit* zu machen willens war.

Alles ging erwünscht. Die Gegend war eine der furchtbarsten und wildesten im benachbarten Gebirge, die die schöpferische Einbildungskraft eines – – – sich je zu einem Macbethsgemälde hätte erfinden können. Es war ein zerstörtes Schloß auf einer Felsenhöhe, von der man ohne Schwindel nicht hinabsehen konnte. Die untenstehenden Fichten, die an ihrem Fuß unabsehbar sein mußten, erschienen hier wie kleine gedrückte Gebüsche. Unten stürzte sich ein Wasserfall von einer merklichen Höhe, dessen Rauschen hier kaum dem Summen eines Bienenschwarms gleichte. Albertine sah hinab und fühlte den Tod unter ihren Füßen. Ohne die gespannte Einbildungskraft, die sie mitnahm und die allen ihren Sinnen eine gewisse Stärke gab, würde sie diesen Anblick nimmer haben ertragen können. Auch sank sie von einem leichten Schwindel befallen an Mannheims Busen zurück, der stärker als sie in diesem Augenblick sie fest in seinen linken Arm schloß, mit der rechten aber das verhaßte Papier herauszog, es ihr vors Gesicht hielt und sie mit folgenden Worten anredete:

»Ungetreue! in dem Augenblick, da ich dir mein ganzes Leben aufopfere, täglich eine Last nach der andern wegwälze, damit das Gebäude unsers Glücks fest und dauerhaft stehen könne, mir Ruhe und Erquickung bis ins Alter versage, nur damit auch nach meinem Tode du und meine Kinder einen Witwensitz, eine Felsenburg haben, damit die jungen Adler hernach mit den ererbten väterlichen Fittichen auf ihren Raub herabschießen können – in dem Augenblick empfängst du Briefe mit der schwärmerischsten unsinnigsten Leidenschaft geschrieben von einem Menschen, der nicht wert ist, daß er unsere Kühe melkt, von einem Laffen, der dich seine Muse nennt und in seinem Leben noch keine andere Muse als seine Aufwärterin gehabt hat, der sich deinen Phaon nennt, und nicht weiß, ob der Phaon ein Bub oder ein Mädchen war.«

Man stelle sich die Angst und das Schrecken unserer Albertine vor, als Mannheim ihr, nach dieser sehr ernsthaft gehaltenen Anrede, den auf den abgeschmacktesten dithyrambischen Stelzen gehenden Brief des jungen Violi vorlas, desselben, dem Lieschen ihre Oden und Lieder geschickt hatte, und der diese mehr als sapphischen Akkorde aufs schleunigste in den nächsten *Almanach* und in das *Taschenbuch* einzusenden versprach. Sie konnte dem Menschen dafür nicht anders als gewogen sein, um so mehr befürchtete sie, die poetischen Ausdrücke des jungen Menschen hätten wirklich die Eifersucht des von Leidenschaften sonst so raschen Mannheims rege gemacht.

Ihre Angst ward vermehrt, als nach Endigung dieses Briefs sie Mannheim fester in den Arm faßte, und, nachdem er sie ein wenig vom Boden aufgehoben, mit erschrecklicher Stimme rief:

»Wohlan, wenn du denn die Rolle der Poetin spielen willst, so mußt du sie ganz spielen, wie sie ehemals die Griechin gespielt hat. Stürz dich herab von diesem Felsen, rufe deinen Phaon noch einmal an und sag ihm, daß du für ihn stirbst –«

Hier hob er sie höher; Lieschen, der Sehen und Hören verging, warf sich hinter ihm auf die Knie, hielt ihn am Zipfel des Rocks und schrie mit aufgehabenen Händen: »Barbar, kennst du keine Verzeihung –«

»Nein, ich kenne keine«, rief er sehr nachdrücklich – indem er sich umkehrte und die Frau vom Berge herabtrug – »weil ich niemals gezürnt habe.« Das arme Weib war bleich und blaß, und Lieschen weinte: »Ich habe dich nur zur Poetin weihen wollen, Albertinchen«, sagte er; »denn ich sehe, daß du eher nicht gescheut werden wirst, als bis du einen solchen Sprung getan hast. Wie gesagt, willst du unsere Sappho sein, so tu es ihr nach; sonst geb ich keinen Pfifferling für all deine Oden und Lieder. Willst du aber mein lieb Weibchen sein, so laß mich dem jungen Gelbschnabel seinen Brief beantworten; ich werde alles schon so einrichten, daß deine Reputation, auch als Schriftstellerin, nichts dabei verlieren soll.« Albertine warf sich auf die Knie und bat ihn bei seiner Verzeihung, er möchte sie dieses Wort nicht wieder hören lassen. In ihrem Leben sei ihr kein Name unerträglicher vorgekommen.

Nach dieser Katastrophe wurden keine Verse mehr gemacht; wohl aber die alten Liederchen von Hagedorn, Uz und Gleim wieder vorgenommen und gesungen, auch bisweilen eine Ode von Klopstock gelesen, oder Goethens *Erwin* durchgespielt. Sie machten auch kleine Familienstücke für sich, die sie aufführten, wozu Mannheim mit seinen Freunden den Plan entwarf, jedes aber darnach seine Rolle selber ausarbeiten mußte. Hauptsächlich aber parodierten sie unnatürlich sentimentale Stücke auf ihre Art, wie z. E. den *Günther von Schwarzburg* und dergleichen, welches denn ein unversiegbarer Quell von Ergötzungen für sie ward.

Mannheims Söhnchen wuchs heran. Er erzog ihn selber, nicht, daß er ihn viel unterrichtete, sondern nur, daß er ihm die Bücher hingab, aus denen er lernen konnte, und ihm erlaubte, ihn zu fragen, wenn er nicht fortkam. Er hatte den Grundsatz, daß alles, was aus dem Menschen wird, aus ihm selber kommen muß, und daß seine Erzieher aufs Höchste nur als Stahl dienen müssen, etwas aus ihm herauszuschlagen. Zu dem Ende gab er wohl acht, daß der Bube in seiner Studierkammer, wo er ihm einige Bücher wie von ungefähr hingelegt, auch wohl gar diejenigen anzurühren aufs strengste verboten hatte, von denen er am liebsten wünschte, daß er sie läse; daß er, sage ich, auf dieser Stube von keinen unzeitigen Spielgesellen, oder von anderm Lärmen gestört wurde. Das war seine ganze Erziehung. Und sein kleiner Johannes, der ohnedem bei Tisch von hunderttausend Sachen sprechen hörte, die seine Neugier reizten, und kein Mensch, auch wenn er fragte, sich die Müh' gab, ihm ganz zu erklären, sondern ihn immer auf die Universität und die berühmten Männer verwies, die davon geschrieben hätten, verschlang alle Bücher, die diesen Namen auf dem Titel hatten, mit einer Begierde, die ihn noch in seinem Knabenalter zu einem neuen Beispiel frühzeitiger Gelehrten machte. Nur zu gewissen

Stunden des Tages war es ihm erlaubt, sich Gesellschaften zu suchen, wie und wo er konnte; die übrige Zeit mußte er zu Hause in seines Vaters Studierzimmer bleiben, wo er sich beschäftigen konnte, wie er wollte. Besonders muß ich's rühmen, daß ihm die Bibliotheken, die damals so häufig in Deutschland waren, sehr vorteilhaft gewesen, weil er dadurch und durch den witzigen Ton, der sie auszeichnete, auf hundert Sachen neugierig geworden war, die er sonst auch nicht gekannt hätte. Wiewohl mehr als alle das die Diskurse seines Vaters beitrugen, alle seine mit Mühe gesammleten Kenntnisse in Blut und Leben zu führen. Die Sprachen lernte der Bube alle von sich selbst, wiewohl ihm der Vater alle nur mögliche Hülfsmittel – nie aber Unterricht – gab, nur von Zeit zu Zeit diskursweise erzählte, wie er's in seiner Jugend gemacht, was für Hülfsmittel er gebraucht u.s.f. Er erlaubte übrigens dem Sohn, alle nur möglichen Fragen an ihn zu tun, wann und wo er wollte, und der bediente sich dieses Vorrechts oft, weil es ihm eine solche Miene von Altklugheit und Wichtigkeit gab, die seine kleine Eitelkeit kützelte. Sobald diese Eitelkeit dem Vater merklich ward, geschah – wiewohl immer mit Worten nur und allezeit an die dritte Person gerichtet – eine durchdringende Demütigung.

Dieses war derselbe Johannes Mannheim, der, nachdem er seine Rechte in Göttingen gemacht, mit einem jungen Herrn von seinem Hofe auf Reisen ging, und in Rom eine italienische Abhandlung *L'Ambassadore* drucken ließ, die ihm die Stelle als Sekretär seines Gesandten in Wien verschaffte. Weil er aber einer der ersten Köpfe seines Jahrhunderts war, so zeichnete er sich auch hier, nachdem einige Jahre Erfahrung ihm die Geschäfte des Hofes eigen gemacht und Blicke in die verborgensten Angelegenheiten desselben eröffnet hatten, von so viel empfehlenden Seiten aus, daß man ihm eine gewisse höchst wichtige Negoziation desselben bei den Generalstaaten ganz allein zu treiben übergab und ihm zu derselben den Titel eines außerordentlichen Abgesandten bewilligte. Das Glück und die Feinheit und Festigkeit, womit er dieses höchst wichtigen und zugleich äußerst mißlichen Auftrages, zur größten Zufriedenheit seines Hofes, sich entledigte, machte, daß er bei seiner Wiederkunft in den Freiherrenstand erhoben ward. Er erhielt Nachricht, seine Eltern wären krank; er kam und fand sie wirklich mit den heitersten Gesichtern einander gegenüber liegen und sich von Zeit zu Zeit noch mit den Händen winken und Küsse zuwerfen. Ihre Krankheit schien mehr die Ruhe zweier ermatteten Pilger, die beide unter der Last, die sie trugen, auf einem Wege niedergefallen. Schmerzen fühlten sie beide nicht; bisweilen ein wenig Angst und große Mattigkeit. Als sie ihren Sohn hereintreten sahen, nach dem sie beide oft heimlich geseufzet, und, weil es hieß, er würde eine neue Gesandtschaft antreten, seine Gegenwart vor ihrem Tode nicht mehr vermutet hatten, lief ein feuriges Rot zu gleicher Zeit über die beiden blassen Gesichter. Er warf sich wechselsweise, bald dem einen, bald dem andern zu Füßen; sie konnten nicht sprechen, sondern legten beide nur die Hand auf das Köpfchen, durch das so viel gegangen war, und segneten ihn mit ihren Blicken. Ob es die Freude über sein Wiedersehen war, sie starben beide desselben Tages. Johannes Sekundus konnte sich gar nicht trösten lassen. Er lief wie ein Verzweifelter durch alle Zimmer, wo er seine Kindheit zugebracht, rief ihre Namen den leeren öden Wänden des Hauses, allen Bäumen, Felsen und Gebirgen umher in lauter tränender Wehklage vergeblich zu. Lieschen, die lange Jahre vorher glücklich verheiratet worden, kam mit ihrem Mann, ihm klagen und die Leichen unter die Erde bestatten zu helfen. Bei der Eröffnung jedes neuen Papiers von der Hinterlassenschaft des Vaters verdoppelte sich sein Schmerz. Überall fand er Spuren des Andenkens an ihn. Er drung darauf, daß die Leichen nach dem kleinen Witwensitz, den der alte Mannheim mit seinem Assoziierten gemeinschaftlich gebauet, und Johannes Sekundus sich als erb und eigen mit allem, was dazu gehörte, von eben diesem Assoziierten gekauft hatte, geführt werden mußten, wo er ihnen eine kleine Kapelle mit einem Gewölbe zum Erbbegräbnis anlegte. An der Türe dieser kleinen Kapelle standen die beiden Büsten dieses unvergleichlichen Paars aus Marmor, die er schon bei ihrem Leben von einem der ersten Künstler des Landes hatte verfertigen lassen, und die unverbesserlich ausgefallen waren. Bei dieser Kapelle erbauete er eine Art von Landhaus mit einem schönen Garten, wo er seine Tage im Frieden zuzubringen gedachte, wenn er der Welt müde wäre. Eine ganz besondre Art hatte er, den Todestag seiner Eltern zu feiern, auf die er sehr viel Kosten wendete. Alle drei Jahre war die große Feier; er lud zu dieser ein Vierteljahr vorher die berühmtesten Gelehrten, nicht allein seines Landes, sondern auch der benachbarten Provinzen ein, die er acht Tage lang auf die köstlichste Art bewirtete, da er bloß für sie ein Gasthaus, das sonst nie bewohnt war, mit den geräumigsten Zimmern hatte erbauen lassen, die Mahlzeit aber immer, weil diese Zeit gerade in die Mitte des Sommers fiel, in einem großen von Tannen und Wacholderstrauch erbauten Saal auf dem Hofe gehalten wurde, dessen Boden nur mit Rasen gepflastert war. Den ersten Abend nach ihrer Ankunft tat die ganze Gesellschaft präzis um Mitternacht, jedes einen Myrtenzweig in Händen, eine Wallfahrt zu der Kapelle, wo sie von einer dazu neugesetzten Trauermusik bewillkommt wurden. Die schwarzen Kleider, die Myrten und die Fackeln, die alles dieses erleuchteten, gaben der Prozession eine traurige Feierlichkeit, die auch die kältesten Herzen nicht ungerührt lassen konnte; hierzu kamen die Kräfte der Musik und der schmelzende Anblick kindlicher Zärtlichkeit, den ihnen Johannes Sekundus gab, der bei Endigung der Musik mit zerstreuten Haaren vor dem Bilde seines Vaters und seiner Mutter kniete, sie um ihre Fürbitte und um ihren Schutz und Begleitung durchs Leben mit den ungeschminktesten Worten ansprach, und gewiß sein konnte der Tränen, die die ganze Gesellschaft umher dem Andenken seiner Eltern geschenkt hatte. Hierauf legten sie alle ihre Myrtenzweige auf einen dazu von Erde erbauten Tisch und gingen alle tränenfröhlich wieder zurück, wiewohl den ersten Abend nur einige Erfrischungen herumgereicht, aber keine Mahlzeit gegeben wurde. Die andern Tage ging es desto lustiger, und sie wurden fürstlich bewirtet. Des achten Tages reisten alle fort, und nun ging die Mädchenfeier an. Er hatte nämlich ein Vierteljahr vorher die schönsten Mädchen, die ihm vornehmen und geringen Standes bekannt waren, mit ihren Müttern eingeladen; diese wurden auf dieselbe Art bewirtet, nur mit dem Unterschiede, daß sie bei der Prozession alle weiß gekleidet sein und jede einen Blumenkranz in Händen haben mußte. Die Feierlichkeit war dieselbe; nur geschahe sie nicht in der Nacht, sondern bei Sonnenuntergange. Die Büsten seines Vaters und seiner Mutter hatten Rosen um das Haupt gewunden; die Musik war fröhlicher und es ward eine Schäferkantate abgesungen. Das rührendste bei diesem Anblick waren zwei lange Ketten von Blumen, die von einer Büste zur andern gezogen, und womit sie gleichsam aneinander gebunden waren. Sobald die Jungfrauen ankamen, warfen sie ihre Kränze vor ihnen hin auf einen Haufen und tanzten hernach nach dem Schall der Flöten und Schalmeien um sie herum. Dieser Anblick war so reizend, daß er Zuschauer aus den entferntesten Ländern herbeizog, die sich lange vorher auf das *Johannisfest zu Adlersburg*, so hieß dieses Leichenbegängnis, zu freuen pflegten. Die Mütter schlossen einen großen Kreis um sie herum. Es war ein besonderes Gerüst für die Zuschauer erbauet. Nach Endigung dieses Tanzes, wobei jede Schöne, wie natürlich, ihre zaubervollsten Stellungen sehen ließ, hielt Johannes Sekundus ihnen eine Rede, worin er ihnen dankte, daß sie Balsam in seine Wunde gegossen. Sobald sie zurückgekommen waren, wurden sie, wenn es das Wetter nur irgend erlaubte, in einem schönen Gehölze, das er bei seinem Hause angelegt, unter beständiger Musik, mit Milch, Obst und den ausgesuchtesten Erfrischungen bewirtet und die Nacht war das Gehölz, das Haus, der Garten auf das herrlichste erleuchtet, wobei die Musik nimmer ruhig ward. Auf dem Flusse, der bei seinem Hause vorbeilief, warteten ihrer mit Maien geschmückte Fahrzeuge, welche von andern, die mit Musikanten besetzt waren, bald begegnet, bald verfolgt wurden. Die Illuminationen taten im Wasser herrliche Wirkung. Alles endigte mit Abfeurung von sechs ansehnlichen Kanonen, das Signal zur Ruhe. Die übrigen acht Tage dauerten die Feierlichkeiten fort, wenn anders nicht einige von ihnen nach Hause eilten. Keine Mannsperson aber ward anders als zum Zuschauer hinzugelassen, für die, wie besagt, ein eigenes Gerüst bei der Kapelle und ein anderes am Eingang des Gehölzes erbaut war, an dem bei jeder Reihe Bänke zwei Mann Wache mit scharfgeladenem Gewehr stunden, die Befehl hatten, auf jeden zu feuren, der nicht in den Schranken, die mit allen möglichen Bequemlichkeiten dazu erbaut waren, bleiben würde. Die Zuschauer marschierten auch ordentlich unter der Begleitung der Wache von einem Gerüste zum andern und hatten ihren eigenen Gasthof, aus dem sie frei bewirtet wurden. Es wurde ihnen nämlich in den Schranken kalte Küche, Wein und Erfrischungen herumgereicht, wobei freilich auf den Unterschied des Standes gesehen wurde, weil jeder bei seinem Eintritt sich beim Kastellan unsers Johannes gemeldet und von dem eine gewisse Marke seines Standes aufzuweisen haben mußte, nach welcher ihm hernach aufgewartet ward.

Man kann sich leicht vorstellen, daß die reizendsten Schönheiten des Landes hier ihre Zaubereien spielen ließen, und sich oft lange vorher zu diesem Tage zuschickten. Weil sie alle als Schäferinnen gekleidet und angesehen waren, so fielen hier, während daß die Feierlichkeiten dauerten, alle Erinnerungen des Standes weg, und ward bloß auf die Reize der Person gesehen, wo jede sich bemühte, es der andern zuvorzutun. Johannes Sekundus tat mehrenteils einige Monate vorher Reisen ins Land und in die Städte umher, um Priesterinnen zu dieser Feierlichkeit anzuwerben, welches diese sich für eine große Ehre schätzten, weil dadurch der Ruf ihrer Schönheit einen merklichen Zuwachs erhielt.

Die nachgelassenen Schriften seines Vaters und einige herzliche Gedichte seiner Mutter, die er zu diesem Ende unter den

Papieren seines Vaters mit großer Sorgfalt aufgehoben fand, ließ er, mit ihren Bildnissen geziert, und mit einer Lebensbeschreibung, auf die er einen ganzen Sommer, den er sich von seinem Landesherrn ausgebeten, um den Brunnen zu trinken, verwendet hat, und aus welcher diese kurze Erzählung zusammengezogen ist, zu Amsterdam in zwei Bänden groß 8vo mit saubern Lettern auf schönem Papier drucken, und so endigte sich die Geschichte des Lebens und der Taten *Johannes Mannheim, Pfarrers von Großendingen.*

Anhang

Ich habe bei der Eilfertigkeit, mit der ich diese Geschichte aus der angeführten gedruckten Lebensbeschreibung zusammengezogen, einen Brief hineinzubringen vergessen, der in derselben gleichfalls, weil er nicht in Mannheims, sondern in den Papieren eines seiner verstorbenen Freunde sich gefunden, nur in einer Note angeführt worden. Es ist die Beschreibung einer Kirchenvisitation, welche der Spezial des verstorbenen Herrn Pfarrers das erstemal in seinem Kirchspiel gehalten. Ich will die interessantesten Stellen daraus kürzlich epitomieren.

Er erschrak sehr, heißt es in demselben vom Spezialsuperintendenten, der übrigens als ein sehr guter braver Mann drin geschildert wird, der aber vielleicht ebensowohl wegen Alters und Eigensinn, als weil er nicht Kraft genug hatte, ein Ansehn, welches er bloß eingerosteten Kirchengebräuchen zu danken hatte, gegen eines aufzuopfern, das, weil es dem Wohl des Ganzen ungleich zuträglicher war, freilich erst im Glauben und Hoffnung einer bessern Zukunft eingeerntet werden mußte, er erschrak sehr, heißt es, als er mich in seiner Gegenwart über *»die beste Art die Wiesen zu wässern«* predigen hörte. »Geht das alle Sonntage so«, fragte er mit einem etwas herrischen Ton, als er in die Stube trat. Ich, der diesen Ton an keinem Menschen gewohnen kann, antwortete ihm mit sehr viel Zuversichtlichkeit im Blick: »Nicht anders, Herr Spezial!« Er, der diese wenigen Worte für Trotz nehmen mochte, sagte mir hierauf mit gezwungener Überhöflichkeit: Er werde sich genötigt sehen, diesen Vorfall ans Oberkonsistorium zu referieren, und es würde ihm leid tun, mich nach einem halben Jahr vielleicht sehr wider meinen Willen genötigt zu sehen, wieder über die armseligen Sonn- und Feiertagsevangelien zu predigen. Es würde mir leid tun, antwortete ich, jemals auch nur den geringsten Verdacht erweckt zu haben, daß meine gegenwärtige Art zu predigen eine Geringschätzung des heiligsten aller Bücher und in diesem der mit so schöner Auswahl für die allgemeine Andacht von der urechten christlichen Kirche vorgeschriebenen Stellen vermuten lassen könnte; auch würde mir niemand mit Recht vorwerfen, daß ich nur einen Sonntag unterlassen, das dafür bestimmte Evangelium abzulesen, wiewohl ich meine Ursachen hätte, allemal nicht nach vorgeschriebenen, sondern nach zufälligen Veranlassungen meine öffentlichen Reden an meine Gemeine einzurichten.

»Ja, Ihre Gemeine wird schön in der christlichen Religion unterrichtet werden. Auch finde ich, daß Sie nicht das mindeste tun, was in der Kirchenordnung vorgeschrieben worden. Sie halten weder Katechismusexamina noch irgend eine andere Art von Kinderlehre des Sonntags, dieses kann nichts anders als die gröbste Unwissenheit, ich will auch nur sagen in den ersten und notwendigsten Wahrheiten unsers Glaubens nach sich ziehen.«

»Mein Herr Spezial«, antwortete ich ihm, »was die Geheimnisse unserer Religion betrifft, so erkläre ich sie meiner Gemeine nach ihrem Fassungsvermögen und soweit sie erkläret werden dürfen nur an den hohen Feiertagen, wo ich auch hernach mit den Kindern eine katechetische Wiederholung darüber anstelle. Denn ich habe mir sagen lassen (es war derselbe Propst, dessen Tochter Johannes ehmals den Beutel gestrickt), daß das Subjekt *Geheimnis* sich mit dem Prädikat *darüber plaudern* nicht allzuwohl zu vertragen pflege, daß also alle acht Tage über Geheimnisse zu reden dem Prediger leicht das Ansehen eines geistlichen Scharlatans geben könne.«

»Mein Herr, mein Herr«, sagte der Spezial, außer aller Fassung, der durch die Einkleidung dessen, was Mannheim ihm zu sagen hatte, schon halb für seine Meinung gewonnen war; itzt aber die Pille unter dem Honig zu fühlen anfing.

»Hören Sie mich aus«, fuhr ich fort, »ich habe meinen Bauren nötigere Sachen zu sagen –«

»Was kann nötiger sein als der Weg zur Seligkeit«, erwiderte er mit Heftigkeit. »Wenn einer die ganze Welt gewönne –«

Hier hielt er inne. Ich fuhr mit Nachdruck fort: »Und litte Schaden an seiner Seele. Dazu aber soll es, hoffe ich, bei uns nicht kommen. Erlauben Sie mir, Ihnen eine Geschichte zu erzählen –«

»Nein, nein, nein«, sagte jener, »ich sehe schon, wer Sie sind, und dem muß gewehrt werden.«

»Ich bin Mannheim«, gab ich zurück.

»Dem muß gesteuert werden«, versetzte er.

»Meine Geschichte müssen Sie aushören«, sagte ich. »Es war ein Mensch in einer wüsten Insel und hatte in zwei Tagen kein Wildpret gefangen. Bei dem heftigsten Anfall des Hungers stieß ein Brett mit einem Missionär ans Land, der Schiffbruch gelitten hatte, der Missionär freute sich, eine Seele mehr zu gewinnen, ging auf ihn zu, und fragte ihn über die ersten Grundsätze seines Glaubens. Er wollte essen, sagte der andre. Dieser fing an, ihm den katholischen Lehrbegriff vorzutragen, der Proselyt packte ihn und fraß ihn auf. So könnte es uns mutandis mutatis mit unsern Bauren gehen, wenigstens kann der Trost der Religion, sobald man den Leuten nicht Aussichten weißt, durch ihr inniges Vertrauen auf Gott die ersten und notwendigsten Bedürfnisse ihres Lebens zu befriedigen, nicht anders als höchst unkräftig sein. Wir finden auch, daß Christus und seine Apostel nicht so gepredigt haben. Christus fand seine Jünger, die die ganze Nacht nichts gefangen hatten, und ließ sie einen reichen Zug tun, der Apostel sagt ausdrücklich, die Gottseligkeit habe die Verheißung dieses – und des zukünftigen Lebens.«

»Schämen Sie sich nicht, Ihre Inorthodoxie noch durch die Bibel zu beschönigen.«

»Ich bin weder inorthodox, noch brauche ich etwas an mir zu beschönigen. Wo will sich die Religion äußern, wo soll sie ihre Kraft und Wirksamkeit beweisen, wenn wir sie als einen abgezogenen Spiritus in Flaschen verwahren und nicht sie durch unser ganzes Leben und Gewerbe dringen lassen. Den Bauren zu weisen, daß Religion geehrt und reich mache, heißt ebensoviel als Kindern Brot und Spielwerk hinlegen, wenn sie artig gewesen sind.«

»Wollen Sie die erste Quelle aller Moral verderben«, sagte der wirklich gut meinende Spezial.

»Die Stimmung des Herzens«, erwiderte ich, »die alle dieser Vorteile entbehrt, freiwillig entbehrt, sobald ein Recht dadurch gekränkt oder die Gottheit dadurch beleidigt wird, kann auf keine andere Weise hervorgebracht, oder wenn sie da ist, geprüfet werden, als wenn ich bei meinen Bauren gehörige Begriffe von dem, was zeitlicher Wohlstand ist, gehörige Kraft und Anwendung dieser Kraft, ihn zu erreichen, voraussetze. Der Bettler glaubt den Himmel am allerersten und geschwindesten, aber es ist denn auch nur ein Himmel für Bettler.

Diese Stimmung in ihnen hervorzubringen, ist meine einzige Absicht. Ich habe zu dem Ende ein geheimes Tribunal bei mir errichtet. Jeder, der etwas über seinen Nachbar zu klagen hat, kommt zu mir, und kann nicht allein des unverbrüchlichsten Stillschweigens bei mir versichert sein, sondern auch daß ich ihm viel geschwinder zu seinem Recht verhelfen werde, als der Advokat vor den Gerichten. Ich gehe zu dem Verklagten, ich gewinne ihm sein Vertrauen ab, ich höre, ob er nicht vielleicht ebensoviel Beschwerden gegen seinen Ankläger hat. Habe ich die wahre Gestalt der Sache erfahren, und alle meine besondern Versuche sind vergebens, den Schuldigen zu seiner Pflicht zurückzubringen, so bring ich die Sache unter irgend einer Einkleidung auf die Kanzel, und weise aus den allgemeinen Wahrheiten unsrer Religion das Verdammliche oder vielmehr das Schädliche dieser und jener Handlung in ihren Folgen. Da dünkt mich's Zeit, allgemeine Wahrheiten vorzutragen, und mit Erfolg. Denn entspricht hernach die Erfahrung der Menschen dem, was wir ihnen voraussagten, so gräbt sich die Religion weit tiefer in ihr Herz, als irgend etwas, so sie auswendig gelernt haben. Ich habe die frappantesten Beweise davon gehabt, und diese haben mich in dieser Methode so sehr bestätigt, daß ich sie vermöge meines Gewissens nimmer abändern werde, was auch die Obern mir darüber jemals ankündigen mögen.«

»Was können Sie für Beweise davon haben?«

»Ich will Ihnen gleich ein ganz frisches Exempel anführen. Einer von unsern Bürgern ward beschuldigt, er hätte verschiedenes von den Gütern seines Mündels, eines guten einfachen unschuldigen Mädchens, veruntreut. Man konnte nicht sagen wo, es waren aber merkliche Anzeichen da, daß das Mädchen, das immer still und ordentlich gelebt, seit der Zeit seiner Vormundschaft um ein beträchtliches ärmer geworden. Als alle meine Kunst vergebens war, ihn selbst zu dem Geständnis zu bringen, erzählte ich den letztern Sonntag eine Geschichte, die mir noch von meiner Jugend her bekannt war, von einem Bedienten, der einen ohnehin armen Herrn um sein Letztes bestohlen, damit in fremde Länder gegangen und durch Fleiß und Ordnung ein großes Vermögen erworben. Er heiratete, bekam Kinder – auf einmal wachte sein Gewissen auf, er mußte zurück und seinem Herrn nicht allein das Gestohlne wiederbringen, nicht allein die Zinsen des Gestohlnen, sondern – alles, alles was er selbst dadurch erworben, und er, sein Weib und Kinder waren an den Bettelstab gebracht. Umsonst suchte sein Herr ihm wenigstens die Hälfte davon wieder aufzudringen, er verdiente diese Strafe, sagte er, und könne nicht anders hoffen, seine Seele zu retten. Er wollte nun von vorn anfangen, wie er damals würde haben tun müssen, zu versuchen, ob er mit nichts als seiner Hände Arbeit etwas für seine Kinder ausrichten könnte. Diese Geschichte tat ihre Wirkung. Der Vormund kam und brachte mir folgenden Tages das unterschlagene Geld, mit Bitte, es dem Mädchen, das Braut war, unter fremdem Namen als ein Geschenk zuzustellen. Ich sah ihm ins Gesicht und warf's ihm vor die Füße. ›Blutgeld‹, sagte ich, ›ist's, sobald Ihr damit den Himmel wiederkaufen wollt, den Ihr verloren habt. Ihr habt nicht Menschen, sondern Gott gelogen.‹ – Es fehlte nicht viel, so wär' er bei diesen Worten, deren er sich nicht versah, ohnmächtig niedergefallen. Ich ging aus dem Zimmer und ließ ihn allein. Erst nach einer halben Stunde war er fortgegangen. Den andern Tag ließ er mich zu sich rufen, er läge krank und glaubte den Tag nicht zu überleben. Als ich in die Stube trat, fragt' er mich mit gefaltenen Händen, was ich wollte, daß er tun sollte. Hier hielt ich's für Zeit, ihm zu predigen, daß die Gerechtigkeit nichts als die Austeilerin der Liebe sein darf, daß keine Liebe ohne Gerechtigkeit bestehen könne, daß es aber eine Gerechtigkeit ohne Liebe gebe, in die sich der Teufel kleidet, wenn er als Engel des Lichts erscheint. Gestohlnes Gut wiedererstatten, um nicht verdammt zu werden, hieße ebensoviel, als einem Menschen die Kehle nicht abschneiden, weil die Büttel hinter uns dräuten. Sich aber auf diese Wiedererstattung was zugute tun, hieße Gott betrügen wollen, der nicht zu betrügen ist. Er weinte und fragte, was er tun sollte. Ich sagte, ›fragt Euer Herz und dann gebt Ihr mit Aufrichtigkeit ohne Furcht und ohne Zwang so viel, als dieses Euch heißen wird, und seid versichert, daß Gott nicht das Opfer ansehen werde, sondern die Gesinnung, mit der es geopfert ward.‹ Er hat, wie ich höre, seitdem mit den jungen Eheleuten sich assoziiert, ihnen ein Stück seines Ackers zu bauen umsonst überlassen, und will mit aller Gewalt, daß sie auch mit ihm ein Haus beziehen sollen, wo er für nichts als den Tisch Bezahlung nehmen will.«

»Ja, das gelingt einmal«, sagte der Spezial; »das gelingt immer«, sagte ich. »Nur unser Unglaube an die Menschheit macht, daß sie so böse ist. Ohne eine gewisse Anlage zum Guten können ja die tierischen Operationen in dem Menschen nicht einmal vor sich gehen, es kommt also darauf an, daß wir diese treffen, so haben wir den halben Weg zu seiner Besserung gewonnen.

Und welches Mittel ist kräftiger, uns über die andere Hälfte zu bringen, als wenn wir ihm Schaden und Vorteil zu zeigen wissen, wie sie in die Moralität seiner Handlungen verflochten sind. Daß alle Arbeit sich geschwinder fördert, wenn die Kräfte rein gestimmt sind, daß der Geist tausend Springfedern des Glücks entdeckt, wenn er frei von Furcht und Gewissensangst alles um sich hier mit Liebe ansieht, daß die Liebe dem Feuer der Sonne gleiche, durch welches die ganze Natur ihr Dasein erhält u.s.f.«

»Ich frage Sie nur«, versetzte der Spezial, »ob Sie Seelsorger oder Verwalter Ihrer Gemeinen sind.«

»Beides«, antwortete ich.

»Ich frage Sie nur, ob die Seelen Ihrer Gemeine dadurch gebessert werden, wenn sie wissen, wie sie ihren Acker zu bestellen, ihre Wiesen zu wässern haben.«

»Wäre es auch nichts weiter, Herr Propst, als daß ich durch Mitteilung dieser Kenntnisse eine Herrschaft über ihre Seelen erlangte und heilsamern Wahrheiten den Weg bahnte, so müßte diese Methode schon alle Ehrfurcht verdienen. Wenn ich nun aber meiner Gemeine noch überdem durch mein Beispiel weise, wie die Sorge fürs Zeitliche mit dem Gefühl für andere und deren Glück zu vereinigen, und ich nicht weiter anzusehen als ein Haushalter, dem mehrere Macht anvertrauet worden, Menschen sowohl durch Mitteilen und Vorschuß meiner Güter als meiner Kenntnisse und Erfahrungen glücklicher zu machen, von dem also auch mehr gefodert wird, wenn ich außer den sonntäglichen noch alle Mittewoche und Sonnabend Versammlungen in meinem Hause, jedesmal von einer andern Partei Bürger halte, um auf ihre

Sitten und Geschmack zu wirken, weil auch der Landmann, um glücklich zu sein, seinen Geschmack haben muß, in diesen bald etwas aus der Zeitung, bald etwas aus einer andern periodischen Schrift, das faßlich für sie ist, bald aus einem guten Roman von Goldsmith oder Fielding eine ihnen begreifliche Stelle vorlese, und alle diejenigen von dieser Gesellschaft ausschließe, die sich irgend einer Lieblosigkeit schuldig gemacht; wenn ich des Sonntags selbst mit wirtschaftlichen Dingen geistliche bald vermische, bald abwechsele, bald bloß in die Besserung und in den Anbau des Herzens und der Liebe übergehe.«

Hier nahm der Spezial seinen Hut und ging fort, und bis dato ist mir noch keine Erinnerung geschehen.

Zu dieser Ausgabe

Den Texten wurden die jeweiligen Erstdrucke zugrunde gelegt:

> Zerbin oder die neuere Philosophie, eine Erzählung von Jakob Michael Reinhold Lenz. In: Deutsches Museum 1 (1776) S. 116–131, 193–207.
>
> Der Waldbruder, ein Pendant zu Werthers Leiden von dem verstorbenen Dichter Lenz. In: Die Horen 10 (1797) Nr. 4. S. 85–102. Nr. 5. S. 1–30.
>
> Der Landprediger, eine Erzählung von Jakob Michael Reinhold Lenz. In: Deutsches Museum 2 (1777) Bd. 1. S. 289–307, 409–439, 567–574.

Die Orthographie der Texte wurde behutsam dem heutigen Gebrauch angeglichen, bei Wahrung des Lautstandes und sprachlicher Eigenheiten. So steht *Schluchsen* neben *Schluchzen*, *würklich* neben *wirklich*, und alte Formen wie *für, füreinander* statt *vor, voreinander*, *fodern* statt *fordern*, die starke statt der heute schwachen Deklination (z. B. *alle mögliche, diese letzte Worte* statt *alle möglichen, diese letzten Worte*) blieben erhalten. Die Formen *Mädgen, Liesgen, mogte, mögte* u. ä., die fast ausschließlich im *Landprediger* neben *Mädchen, Lieschen, mochte, möchte* vorkommen, wurden einheitlich mit *ch* gesetzt. Die Getrenntschreibung von Wortverbindungen, die man heute zusammenschreibt, wurde in vielen Fällen historisch belassen. Die zeitübliche Hervorhebung von Eigennamen ist aufgegeben. Offensichtliche Druckversehen wurden stillschweigend korrigiert. An folgenden Textstellen wurden Konjekturen vorgenommen:

65,14 hätte] hatte   87,32 weiblosen] weitlosen   90,5 f. sagte, er wollte] sagte, wollte   105,15 f. und ging ganz allein] und das ganz allein   105,28 auf die] auf der   106,34 sie in eine] sie eine   119,21 Anzeichen] Anzeigen

Die Interpunktion folgt weitgehend den Erstdrucken. Zur Erleichterung des Verständnisses sind Kommata, die häufig zwischen Haupt- und Nebensätzen fehlen (vor allem im *Waldbruder*), eingefügt.

Anmerkungen

Zerbin

3,1 *Zerbin:* Lenz, der Italienisch las, mag bei diesem Namen an ital. *zerbino* ›galanter junger Mann, Stutzer‹ gedacht haben, um seinem Helden einen charakterisierenden Namen zu geben. Diesen Namen tragen auch Figuren zweier bekannter Werke, die Lenz nachweislich kannte: ein Prinz von Schottland in Ludovico Ariostos *Orlando furioso* (1516) und ein Hirte in Christoph Martin Wielands Versepos *Idris und Zenide* (1767); mit beiden hat der Held dieser Erzählung freilich nur wenig gemein. Ob Ludwig Tieck, der 1828 die erste Ausgabe der Werke von Lenz edierte, den Namen für den Titelhelden seiner Märchenkomödie *Prinz Zerbino oder die Reise nach dem guten Geschmack* (1796–98) in Kenntnis der Lenzschen Erzählung wählte, läßt sich weder belegen noch aus dem Text des Schauspiels annehmen.

3,3–5 *»O let ... tears –«:* »O laß jene Städte, die vom Becher des Überflusses und ihren Wohlstand so reichlich genießen, bei ihren üppigen Festen diese Tränen hören« (Shakespeare, *Pericles, Prince of Tyre* I,4, V. 52–54). Das Motto nimmt das empfindsame Klischee der sittlichen Korruption in den Städten auf.

4,14 *jüdische Zinsen:* Wucherzinsen.

5,23 *Professor Gellert:* Christian Fürchtegott Gellert, Autor von Gedichten, Lustspielen, Fabeln und des empfindsamen Romans *Leben der schwedischen Gräfin von G ...* (1747–48), lehrte seit 1745 an der Universität Leipzig; seine einflußreichen *Moralischen Vorlesungen* erschienen postum (1770).

5,28 *Informationen:* Privatunterricht.

6,5 *Mentor:* erfahrener Ratgeber; nach dem gleichnamigen Erzieher und Freund Telemachs in Homers *Odyssee.*

6,10 *die doppelte Baukunst:* Zivil- und Kriegsbaukunst.

7,25 *Pension:* hier: Gehalt, Entgelt.

8,9 *Reverenzen:* Ehrerbietungen.

8,22 *Dakapo:* (von ital. *da capo* ›noch einmal von vorn‹) Wiederholung.

9,2 *Alexandergeistes:* Alexander der Große, König in Makedonien, der seine Eroberungszüge zwischen 335 und 323 vom östlichen Mittelmeer bis zum Indus ausdehnte.

9,11 *Stellungen:* Gebärden, Gesten, Posen.

9,13 *Serenaden:* Serenade: Abendmusik, die zu Ehren einer Person vor deren Haus aufgeführt wird.

9,20 *von der linken Seite:* ohne oder zumindest ohne rechtlich vollgültige Eheschließung.

10,10 f. *Eroberung von Babylon:* Babylon wurde 331 v. Chr. während des persischen Feldzuges von Alexander kampflos besetzt.

10,13 *ungewahrsame:* unvorsichtige, naive.

10,22 *wie Saul unter den Propheten:* Saul, der erste König Israels, geriet bei Gibea, als er einer Schar von Propheten begegnete, selbst in prophetische Verzückung (1. Sam. 10,10–12).

11,8 *an der Leber ... genagt:* die Lebensfreude verdorben; seit dem Altertum galt die Leber neben dem Herz als Sitz von Gefühlen des Zorns oder Unmuts; vgl. die Redensart ›frei von der Leber weg sprechen‹.

11,14 *Triset:* richtig: Tresett (von ital. *tre sette* ›drei sieben‹); aus Italien stammendes Kartenspiel für vier Personen.

12,1 *Invite:* Einladung des Spielpartners durch Anspielen eines bestimmten Blattes, eine Spielidee aufzugreifen.
Koeur: richtig: Cœur (frz.) ›Herz‹.
Neapolitain: richtig Neapolitaine; im Tresett die Kartenfolge Drei, Zwei und As in gleicher Farbe.

12,27 f. *wie Petrarch sagt:* nicht ermittelt; zu Petrarca s. Anm. zu 31,30.

13,28 *Negoziationen:* Verhandlungen, Absprachen, Vereinbarungen.

14,6 *akkompagnierte:* begleitete.

14,8 *sokratischen:* weisen, ernsthaften; nach dem griechischen Philosophen Sokrates (470–399 v. Chr.).

14,36 *Alp Hypochonder:* hier etwa: Dämon Schwermut; ein Alp ist ein nächtlicher Dämon, der sich dem Schläfer auf die Brust setzt und bedrückende Träume verursacht.

15,7 f. *wie jenes Ungewitter vor Jerusalem:* nicht ermittelt.

15,18 *Interessen:* Zinsen.

16,12 *Kabinett:* Zimmer.

16,29 *honett:* rechtschaffen, ehrenhaft, anständig.

16,31 *Algebraist:* Mathematiker, Logiker.

18,3 *Landfestin:* (frz.) Fest, Lustbarkeit auf dem Lande.

19,18 f. *wie unsern ersten Eltern:* Nach dem Sündenfall wurden Adam und Eva gewahr, daß sie nackt waren (1. Mose 3,7).

19,29 *Ehe eine wechselseitige Hülfleistung:* Lenz kritisiert hier wohl die Ehedefinition des ihm bekannten livländischen Theologen August Wilhelm Hupel (1737–1804), der in seiner Abhandlung *Vom Zweck der Ehen, ein Versuch, die Heurath der Castraten und die Trennung unglücklicher Ehen zu vertheidigen* (Riga/Leipzig 1771) schrieb: »die Ehe ist die innigste Vereinigung zwoer Personen von verschiedenem Geschlechte, die durch gegenseitige Hülfeleistung ihre gemeinschaftliche Wohlfahrt befördern wollen« (S. 86).

20,8 *nebenan:* nebenbei.

20,33 *Friedrichd'or:* preußische Goldmünze, benannt nach Friedrich II., dem Großen.

21,12 *Potenzen und Exponenten:* Potenzen sind Zahlen, die mit sich selbst nach Maßgabe einer hochgestellten Zahl, des Exponenten, vervielfacht wurden (z. B. $10^5 = 100000$).

21,13 *Jus Naturae:* (lat.) Naturrecht, das im Unterschied zum staatlich gesetzten und daher geschichtlich veränderbaren Recht im Wesen des Menschen begründet ist.

21,20 f. *Revolutionen:* hier: plötzlichen Veränderungen.

21,30 *Noviziat:* Probezeit im Kloster; hier: die erste Zeit ihrer Bekanntschaft.

21,32–22,4 *Ich aber steh, und stampf, und glühe . . .:* Lenz zitiert hier die 4. Strophe des Gedichts »An Chloen« (»So weiß nun Chloe mein Verlangen?«) des Rokoko-Dichters Johann Peter Uz (1720 bis 1796).

22,21 *Guerre:* Spielsatz beim Billard.

22,24 f. *machte . . . seinen Ballen:* stieß die Kugel des Gegners in eines der Löcher des Billardtisches.

22,33 *Rosental:* ein Gehölz mit Wiesen zwischen Pleiße und Elster nahe der Stadt Leipzig, damals ein beliebtes Ausflugsziel.
sich auf Pistolen zu schlagen: sich mit Pistolen zu duellieren.

24,20 *hitzigen:* heftigen, plötzlichen.

24,30 *Anschläge:* Pläne.

25,6 *eingebildet:* den Eindruck erweckt.

25,26 *Nach den Gesetzen:* Zur unerbittlichen Härte der damaligen Gesetzgebung vgl. auch die Schlußszene von Heinrich Leopold Wagners (1747–79) Trauerspiel *Die Kindermörderin* (1776).

25,31 *Vakantzeit:* Ferienzeit.

26,8 *Reichsdorf:* Landgemeinde, die unmittelbar Kaiser und Reich, nicht einem Landesherrn unterstellt war; solche gab es damals noch in der Nähe von Straßburg.

26,24 *anräsonieren:* hier: einreden, aufschwatzen.

27,7 *zu Licht gehen:* am Abend besuchen.

28,32 *abgewürdigter:* verworfener.

28,35 f. *Verdacht der Nachahmung:* Anspielung auf Werthers Selbstmord in Goethes Roman *Die Leiden des jungen Werthers* (1774).

29,4 f. *einer raphaelischen Einbildungskraft:* einer Einbildungskraft wie der des italienischen Malers Raffael (1483–1520), dessen Werk vom Hochrenaissance-Ideal harmonischer Klarheit geprägt ist.

29,11 *Zeitverwandten:* Zeitgenossen.

30,9 f. *zu Hause:* nach Hause.

30,11 *Stadtgraben:* Leipzig war noch bis ins 18. Jh. von Wall und Stadtgraben umgeben.

Der Waldbruder

31,1 *Waldbruder:* Einsiedler.

31,2 *ein Pendant zu Werthers Leiden:* ein Gegenstück zu Goethes Roman *Die Leiden des jungen Werthers* (1774). – Dieser Untertitel geht wohl auf Lenz selbst zurück; vgl. den Brief an Heinrich Christian Boie vom 11. März 1776, in dem er »einen kleinen Roman in Briefen von mehreren Personen, der einen wunderbaren Pendant zum Werther geben dürfte«, ankündigt (*Briefe*, Bd. 1, S. 200).

31,27 *Unbehelfsamkeit:* Unbeholfenheit.

31,30 *seit Petrarchs Zeiten:* Der italienische Dichter Francesco Petrarca (1304–74) besang und idealisierte in vielen seiner Gedichte die für ihn unerreichbare Geliebte »Madonna Laura«. Vgl. hierzu auch Lenzens fragmentarisches Gedicht »Petrarch«.

32,9 *Schatouilleuse:* Den Namen (von frz. *chatouilleux* ›heikel, empfindlich‹) hat Lenz wohl aus Wielands Versepos *Der Neue Amadis* (1771) übernommen.

32,10 *eine Frühlingskur trinken:* hier: zur Erholung aufs Land fahren; im vorangehenden und im 3. Brief wird allerdings erwähnt, daß es Winter ist (vgl. 31,10 und 33,9).

32,13 f. *Bedienung bei der Kanzlei:* Anstellung in der Schreibstube eines Amtes oder bei einem Amt.

32,18 *Zornau:* fiktiver Ort.

33,2 *schelmischen:* hier: schurkischen, betrügerischen.

33,20 *was Rousseau an einem Ort sagt:* Lenz bezieht sich hier wohl auf Gedanken Jean-Jacques Rousseaus (1712–78) aus dem Anfang des 2. Buchs des erzählerisch angelegten pädagogischen Lehrwerks *Émile ou de l'éducation* (1762).

33,32 f. *eine ewige Kluft unter uns befestigte:* vgl. Lk. 16,26: »Und über das alles ist zwischen uns und euch eine große Kluft befestigt, daß die da wollten von hinnen hinabfahren zu euch, könnten nicht, und auch nicht von dannen zu uns herüberfahren.«

33,36 *Ixion an Jupiters Tafel:* Ixion, eine Figur der griechischen Mythologie, wurde als Sterblicher zur Tafel der Götter zugelassen, wo er sich in Hera (röm. Juno), die Gattin des Zeus (röm. Jupiter), verliebte; für diese Vermessenheit wurde er in der Unterwelt auf ein sich ewig drehendes Rad gebunden. Vgl. dazu das Dramolett *Tantalus*, in dem Lenz diesen Stoff auf Tantalus bezieht.

34,1 *Tantalus in dem Acheron:* Tantalus, ebenfalls ein Sterblicher, der zur Tafel der Götter zugelassen war und dort Opfer seiner Vermessenheit wurde; zur Strafe für seine Vergehen mußte er, von Durst gequält, im Wasser stehen, das zurückwich, sobald er zu trinken versuchte. Lenz identifiziert dieses Wasser mit dem Acheron, einem der Flüsse in der Unterwelt.

34,11 *Attitüde:* (frz.) Haltung, Körperausdruck.

34,25 *Qui pro quo:* (lat.) wörtl. ›wer für wen‹; Verwechslung.

34,26 *Stella:* Den Namen wählte Lenz wohl nach der Heldin von Goethes gleichnamigem »Schauspiel für Liebende« von 1776.

35,13 *wie Shakespeare sagt:* vgl. *Love Labour's Lost* (V,2), von Lenz unter dem lateinischen Titel »Amor vincit omnia« (»Die Liebe überwindet alles«) übersetzt: »die Narrheiten des Narren sind bei weitem so gefährlich nicht, als die Narrheiten des Witzes, denn alle Kräfte die er hat bietet er auf, seinen Rasereien das Ansehen der Vernunft zu geben.«

35,26 *insanire cum ratione volunt:* (lat.) sie wollen mit Verstand verrückt sein; Zitat aus der Komödie *Der Eunuch* (V. 63) des römischen Dichters Publius Terentius Afer (um 195–159 v. Chr.).

37,4 *Denke Dir alles ... möchte!:* vgl. die noch enthusiastischere Beschreibung des Urbilds der Figur, Henriette Waldner von Freudensteins (1754–1803), die Lenz 1775 kennenlernte und zu der er in unglücklicher Wunschtraumliebe entbrannte: »Lavater! möchtest du ein Bild in deine Physiognomick, mit dem du das Ideal weiblicher Vollkommenheit ausgedruckt bekommst. Von einem erhabenen Stande, durch persöhnliche Eigenschaften unendlich weit über denselben erhaben, die Gelassenheit, die Bescheidenheit, die Aquiescenz in alles was die ihr gewiß innig vertraute Gottheit über sie verhängt – mit allem Feuer des ungewöhnlichsten erhabensten Genies, den scharfen Blick durch das Innerste aller Sachen, das Eigenthümliche, das unumstößlich Feste, das weitumfassende aller ihre Urtheile, die Kenntniß der Welt die sich nicht allein auf die

Denkungsart der Grossen deren Herzen sie alle wie in Händen hat, sondern bis auf das Fassungs- und Empfindungsvermögen des Allergeringsten ausdehnt, so daß alle ihre Befehle und Aufträge an ihre Untergebenen aus den Wünschen derselben hervorgeholt scheinen, so daß sie eine Welt regieren könnte ohne daß sie es inne würde – alles dieses, alles alles – und mehr – willst du sie – bethe – [...] Gott welche Seele mahlt sich in dem Profil – welch ein Meisterstück von edler Erziehung unter den Grossen [...] Und denn alle die Hülfsmittel, die Constellation aller äusseren Umstände – auf dem Land gepflanzt, an einem Hof zur Reiffe gebracht und jetzt in seiner ganzen Liebenswürdigkeit vollendet um Tausend Elend und Einen zu einem Gott zu machen –« (an Lavater, Januar 1776; *Briefe*, Bd. 1, S. 167 f.).

38,3 *menschenliebiger:* menschenliebender.

38,3 f. *Don Quischotte:* Der in idealistischen Illusionen befangene Titelheld des Romans *Don Quichote* von Miguel de Cervantes Saavedra (1547–1616) zieht aus, um das Unrecht in der Welt zu bekämpfen.

38,15 *reu zu machen:* bereuen zu lassen.

38,27 *Epikureismus:* hier: Streben nach Wohlleben und Genuß; nach dem griechischen Philosophen Epikur (341–271 v. Chr.).

39,8 *Schlaraffenland:* hier: Phantasiewelt.

39,21 *glasierten:* hier: mit Eis überzogenen.

40,16–19 *Du nicht glücklich, kümmernd Herz? ...:* Dieses Gedicht ist auch in einer textlich leicht differierenden Fassung mit dem Titel »Die erwachende Vernunft« überliefert; in dieser Fassung lautet die erste Zeile: »Du nicht glücklich? Stolzes Herz« (vgl. Waldberg, S. 9).

41,11 *Idris:* Idris, der Held in Wielands fragmentarischem Versepos *Idris und Zenide* (1767), sucht zu seiner im Traum erblickten Geliebten das leibhaftige Original; Wielands Epos bricht ab, als Idris sich einer in ihn verliebten Nymphe hingibt, in der der Held seine Geliebte gefunden zu haben glaubt.

42,18 *sie affektiere:* sie ziere sich, sie tue vornehm.

42,24 f. *Ostermesse:* Gemeint ist wohl die Leipziger Ostermesse, die seit dem 16. Jh. eine der wichtigsten Handelsmessen in Deutschland war.

43,18 *in meinem Vaterland:* Herz stammt aus Rußland (vgl. Brief 1 und 3 im 4. Teil, 61,6–8 und 64,15).

43,25 *Liverei:* Livree; uniformartige Kleidung herrschaftlicher Diener.

44,22 *Braunsberg:* halbfiktive Ortsangabe; es gibt eine Stadt mit diesem Namen in Ostpreußen.

45,1 *geschraubt:* gedrängt (vgl. »Daumenschrauben«).

45,25 *Megäre:* böse, häßliche Frau; urspr. der Name einer der drei Erinnyen, der griechischen Rachegöttinnen.

45,29 f. *wie Moses:* »Da nun Mose vom Berge Sinai ging, hatte er die zwei Tafeln des Zeugnisses in seiner Hand, und wußte nicht, daß die Haut seines Angesichts glänzte davon, daß er mit ihm [Gott] geredet hatte« (2. Mose 34,29).

46,3 *Medusenkopf:* Medusa war ein weibliches Ungeheuer der griechischen Mythologie, deren abstoßendes Antlitz jeden, der es erblickte, in Stein verwandelte.

46,15 *Olinde:* Figur aus Wielands Versepos *Der neue Amadis* (1771), die sich durch Witz, Klugheit und Tugend auszeichnet, aber durch Zauber vorübergehend abschreckend häßlich ist (vgl. Gesang 17, Stanze 8 ff.).

46,23 *informieren:* Privatunterricht erteilen.

47,14 f. *Sisyphus-Arbeit:* Sisyphus, eine Figur der griechischen Mythologie, muß in der Unterwelt als Strafe für seine Vergehen einen Felsen einen Berg hinaufwälzen, der jedoch kurz vor dem Gipfel immer wieder herunterrollt.

47,27 *Bettstollen:* Bettpfosten.

48,3 *er erschießt sich:* ironische Anspielung auf Werthers Selbstmord (vgl. Anm. zu 31,2).

48,5 *Flockseide:* Flocheseide, Filetseide.

48,5 f. *die Chinesischen Blumen:* die künstlichen Blumen, Papierblumen.

48,7 *judenmäßig:* wucherisch.

48,10 *es ist etwas auf dem Tapet:* hier: es gibt etwas zu berichten.

49,10 *in hessischen Diensten … nach Amerika:* Während des amerikanischen Unabhängigkeitskriegs 1775–83 kämpften auf seiten der Kolonialmacht auch 17000 kurhessische Soldaten, die von ihrem Landesherrn an England verkauft worden waren.

49,11 *Adjutant:* beigeordneter Offizier eines höherstehenden Befehlshabers.

49,14 *Staffel:* Stufe.

50,5 *erledigten:* frei gewordenen.

50,6 *Zelle:* Die niedersächsische Stadt Celle gehörte im 18. Jh. zum Kurfürstentum Hannover, dessen Kurfürst seit 1714 zugleich König von England war.

50,32 *elysische:* (von griech. *Elysion* ›Wohnsitz der Seligen‹) himmlische.
51,3 *Chimären:* Trugbilder, Hirngespinste.
51,24 *Complots:* Complot: (frz.) Anschlag, Verschwörung, Komplott.
52,29 *Ordre:* (frz.) Befehl, Auftrag.
54,1 *Campagne:* (frz.) Feldzug.
54,1 f. *Kolonisten:* Bewohner europäischer Abstammung der englischen Kolonien in Nordamerika.
55,24 *Terzianfieber:* (von lat. *tertiana febris* ›Fieber, das alle drei Tage wiederkehrt‹) Malaria, ›kaltes Fieber‹.
55,35 *Anzügliches:* Anziehendes.
55,36 *Kommissionen:* Aufträge, Besorgungen.
57,6 *zu affektieren:* hier: vorzutäuschen.
57,9 *besser humorisiert:* angeregter, gutgelaunter.
59,33 *sie sich nicht entbrechen kann:* sie nicht umhin kann.
60,5 *Delikatesse:* Empfindlichkeit.
61,6 *unechte Sohn:* illegitime Sohn.
61,6–8 *einer verstorbenen großen Dame ... regierte:* Gemeint ist offenbar die Zarin Elisabeth (1741–62).
61,12 f. *wunderbaren:* merkwürdigen, sonderbaren.
61,17 *ausholen:* hier: erhalten.
61,18 *à l'aventure:* (frz.) aufs Geratewohl.
62,11 *Bankerut:* Bankrott.
62,16 f. *wo Peter der Große Schiffszimmermann gewesen:* Der russische Zar Peter I. (1682–1725) hatte in Holland den Schiffbau erlernt.
62,19 f. *ins Clevische:* in die Gegend des ehemaligen Herzogtums Cleve am Niederrhein.
62,31 *zum Hochgericht:* zur Richtstätte, zum Galgen.
64,21 *Nymphe des Telemachs:* Im 7. Buch des seinerzeit vielgelesenen Romans von François de Salignac de la Mothe-Fénélon (1651–1715) *Les Aventures de Télémaque* (1699) verliebt sich der Titelheld in die Nymphe Eucharis; diese von Venus veranlaßte Versuchung droht Telemach von seinem eigentlichen Ziel abzubringen, seinen Vater Odysseus wiederzufinden.
64,21 f. *exponierte:* las und kommentierte.
64,25 *Lion:* Lyon, bedeutende französische Handelsstadt im Rhônetal.
64,26 *Ninon:* Ninon de Lenclos (1620–1702), eine durch ihre

Schönheit und Klugheit bekannte Pariser Kurtisane; in ihrem Salon verkehrten zahlreiche berühmte Persönlichkeiten.

64,29 *Klopstocks Cidli:* Cidli, die tugendhafte Geliebte von Semidas, ist eine Figur aus dem 4. Gesang von Friedrich Gottlieb Klopstocks Versepos *Der Messias* (1751–73).

65,2 *Agnese:* Die heilige Agnes (griech., ›die Keusche‹) hatte sich als junges Mädchen Christus als ihrem Bräutigam geweiht; für ihre Weigerung zu heiraten erlitt sie den Märtyrertod; sie ist die Schutzheilige der Jungfräulichkeit.

65,8 f. *jene Belagerten sich mit griechischen Bildsäulen verteidigten:* Wohl auf die gleiche Begebenheit bezieht sich Lenz in dem Märchen *Die Fee Urganda*: »er machte es also wie die Ägyptier, die in der Dummheit der Verzweiflung ihre griechischen Statuen über die Mauern warfen.« Die genaue Quelle dieser Anekdote ist noch nicht nachgewiesen. Vielleicht ist es eine ungenaue Lektürereminiszenz nach der Kriegsgeschichte des byzantinischen Historikers Prokopius (um 530 n. Chr.), der im 5. Buch (22,22) schildert, wie die Römer die Goten bei der Belagerung der Engelsburg (537 n. Chr.) abwehrten, indem sie Statuen zerbrachen und die Brocken auf die andrängenden Feinde warfen.

65,22 *Ideen seiner Jugendjahre und seiner Geburt:* die Erinnerung an seine Jugend und das Wissen um seine Herkunft.

66,27 *Kommissionär:* Beauftragter, Bevollmächtigter

Der Landprediger

68,7 *Mannheim:* Wie häufig bei Lenz ein charakterisierender Name (vgl. Nachwort, S. 158); Lenz wehrte sich sehr, als der Herausgeber des *Deutschen Museums*, Heinrich Christian Boie (1744 bis 1806), diese Figur »Wangenheim« nennen wollte, wohl um die Verwechslung mit einer historischen Persönlichkeit zu vermeiden; dieser Name schien Lenz jedoch »fatal«, und er schlug als Alternative »Mannhardt« vor, »im Falle etwa der erste Name nicht durchginge« (an Boie, 9. April 1777; *Briefe*, Bd. 2, S. 171).

68,17 *Perückenstock:* Ständer zur Ablage einer Perücke.

68,23 *Dogmatik:* hier: Glaubenslehre.

68,23 f. *Orthodoxie:* hier: strenge Bibelgläubigkeit.

68,28 *freigeisterischen:* ketzerischen.

68,28 f. *sozinianischen Meinungen:* Der Sozianismus war eine protestantische Bewegung, die auf die italienischen Humanisten Lelio Sozzini (1525–62) und Fausto Sozzini (1539–1604) zurückgeht und durch ihr pragmatisches Christentum noch für die Theologie der Aufklärung von Bedeutung war.

68,30 *Walchs Ketzerliste:* Hauptwerk des protestantischen Kirchenhistorikers Christian Wilhelm Friedrich Walch (1726–84): *Entwurf einer vollständigen Historie der Ketzereien, Spaltungen und Religionsstreitigkeiten bis auf die Zeiten der Reformation* (11 Bde., 1762–85).

68,33–69,1 *Präkautionen:* Vorsichtsmaßnahmen.

69,11 *Propstes:* Propst: Titel eines evangelischen Pastors an einer Hauptkirche.

69,15 *Beförderung:* hier: Berufung in ein Amt (vgl. 78,4 f.).

69,24 *Zäserchen:* Wurzelfäserchen.

69,25 f. *Abweichung einer halben Sekunde:* geringfügigste Abweichung; eine Sekunde entspricht in der Einteilung des Kreisbogens dem 3600. Teil eines Winkelgrades.

69,32 *zum Vorschub:* im voraus.

70,2 *Heilige Römische Reich:* Seit dem 13. Jh. bis 1806 Bezeichnung für das Deutsche Reich.
dannenhero: deshalb, daher.

70,11 f. *um nichts desto übler:* um nichts schlechter, nicht im geringsten schlechter.

70,16 f. *kameralistischen:* staats- und wirtschaftswissenschaftlichen.

70,24 *wohlhäbiger:* wohlhabender.

70,27 *Rambach:* Johann Jakob Rambach (1693–1735), pietistischer Theologe in Halle, später in Gießen.

70,30 *Kompendien:* Hand-, Lehrbücher.

70,31 *Heilmann:* Johann David Heilmann (1727–64), Theologe in Göttingen und Verfasser eines grundlegenden Werkes zur kirchlichen Dogmatik: *Compendium theologiae dogmaticae* (1761).
Baier: Johann Wilhelm Baier (1647–95), Professor der Kirchengeschichte in Jena und Vertreter der protestantischen Orthodoxie; Hauptwerk: *Compendium theologiae positivae* (1686).
Dieterikus: Konrad Dieterich (1575–1639), dessen Lehrbuch zur lutherischen Dogmatik noch bis ins 19. Jh. aufgelegt wurde.

71,16 *Prolegomenen:* Prolegomena (griech.): Vorbemerkungen, Einleitungen.

71,21 *Amanuenses:* (lat.) Diener.

71,23 *Archonten:* urspr. Mitglieder des höchsten Regierungsgremiums im antiken Athen.

71,31 *Gelder für die Kollegien:* Gebühren für belegte Vorlesungen.
72,3 *Programmen:* Vorlesungsverzeichnissen.
72,4 *verschlägt:* anschlägt.
72,5 *Zitation:* Vorladung.
Pedellen: Hausmeister der Universität.
72,14 *Consilium abeundi:* (lat.) den Rat wegzugehen; Verweis von der Universität.
72,17 *Ausschweifungen:* Ausflüge.
73,20 f. *Befahrungen:* Befürchtungen.
73,31 *verschrieb:* kommen ließ.
74,9 f. *das Subjekt mit dem Prädikat verwechseln:* die Sache mit der Aussage über die Sache verwechseln.
74,12 f. *Wolfische Logik: Vernünftige Gedanken von den Kräften des menschlichen Verstandes* von Christian Wolff (1679–1754), dem einflußreichsten Philosophen der deutschen Aufklärung vor Immanuel Kant.
74,22 *ehedessen:* ehedem.
74,23 *mestre de camp:* (frz.) Oberst eines Reiterregiments.
74,25 *beau monde:* (frz.) schöne Welt; hier: ›bessere‹ Gesellschaft.
75,16 *Achmet Effendi:* Ahmed Besmi Effendi (gest. 1788), türkischer Staatsmann und Botschafter in Berlin.
75,23 *Abbé:* französische Anrede für junge Geistliche ohne kirchliches Amt; sie trugen einen schwarzen Rock und hatten das Haar in einer Rundfrisur geschnitten.
75,24 *Metier:* hier: Klöppelkissen.
75,25 f. *mußlinenen Negligee:* Morgenkleid aus Musselin.
75,32 *fast sehr:* recht sehr.
76,21 f. *Leben des Magister Sebaldus Nothanker: Das Leben und die Meinungen des Herrn Magister Sebaldus Nothanker* (1773–76), erfolgreicher Roman des Kritikers und bedeutenden Verlegers der Aufklärung Friedrich Nicolai (1733–1811).
76,22 *in englischem Bande:* in einem besonders eleganten Bucheinband; die englische Buchbinderkunst war schon seit frühester Zeit für ihre besonders kostbaren Einbände berühmt.
76,23–29 *Félicitez vous ... de la superstition:* (frz.) Beglückwünschen Sie sich, Mademoiselle, den Unglücksfällen zu entgehen, die in diesem Buch enthalten sind, und das Vergnügen einer Stadt zu sein, die Sie achtet, und nicht von Land zu Land zu irren, von einem kleinen Ort zum anderen, Opfer der Vorurteile Ihres Standes und

der schrecklichsten Übel der Beschränktheit und des Aberglaubens.

76,30 *Billetten:* (frz.) kurzen Briefen, Briefchen.

77,9 *in ihren Schranken:* Gemeint ist die Rednerbühne auf dem Forum im antiken Rom, die Rostra.

77,11 *durch die Fistel:* mit gekünstelter hoher Stimme, mit Fistelstimme.

77,20 *mari:* (frz.) Gemahl.

77,26 *außer allen Sprüngen:* sonst nicht belegte Wendung wohl im Sinne von ›ohne Umschweife, geradewegs‹.

77,28 *Kammerton:* Stimmton a (440 Hertz), nach dem Musikinstrumente gestimmt werden.

77,34 *ausreiste:* abreiste.

78,7 f. *seiner Inorthodoxie:* seiner von der strengen Lehre abweichenden Auffassung.

78,10 f. *den symbolischen Büchern:* den Bekenntnisschriften der protestantischen Kirche.

78,22 f. *vorbauende:* vorbeugende.

78,27 f. *Vereinigung der beiden Naturen:* Vereinigung der göttlichen und menschlichen Natur in Christus.

79,16 *Entsehen:* Achtung, Respekt.

79,25 *aristotelischen:* Die Philosophie des Aristoteles (384–322 v. Chr.) hatte seit dem Mittelalter einen nachhaltigen Einfluß auf die philosophische Grundlegung der katholischen und nach der Reformation, wenn auch in geringerem Maße, der protestantischen Theologie.

79,26 f. *Vesper des Sonntags Nachmittags:* Gottesdienst am Sonntagnachmittag.

79,34 *Güterbaues:* Ackerbaus.

81,18 f. *erstanden:* bestanden, ausgestanden.

82,19 *Schlupfer:* Muff.

83,29 f. *sich ... nicht entbrechen konnte:* nicht umhin konnte.

85,5–7 *»Da hast du sie!« ... erlaubte:* wohl Anspielung auf die Worte des Bernardo gegen Ende von Goethes *Erwin und Elmire. Ein Schauspiel mit Gesang* (1775): »O schauet hernieder, / Ihr Götter, dies Glück! / Da hast du ihn wieder, / Da nimm sie zurück.«

86,4 *Heck:* Dorfeingang.

86,25 *Assoziierter:* Geschäftspartner.

86,33 *gipsen:* mit Gips verputzen.

87,14 *Stanzen:* im Dt. oft für ital. *Ottaverime* (›Achtreim‹), eine

Strophe aus acht paarweise gereimten, fünfhebigen jambischen Zeilen mit abwechselnd weiblichem und männlichem Versschluß.

87,15–17 *brachte ... die Gesundheit ... aus:* brachte einen Trinkspruch auf die Gesundheit aus.

87,29 *Zehenden:* Der Zehnt war eine bis ins 19. Jh. gebräuchliche jährliche Ertragsabgabe (urspr. der 10. Teil), die an die Kirche oder den Grundherrn abgeführt werden mußte.

88,34 *Kompliment:* Höflichkeitsbezeigung, Verbeugung.

89,28 *Pinsel:* Einfaltspinsel.

90,1 *Almanach der Grazien:* Gemeint ist wohl der in Hamburg anonym erschienene literarische *Almanach der Grazien auf das Jahr 1776. Von Cupido, Cythere, Bey Ganymedes.*

90,9 *pays de Vaux:* richtig: Pays de Vaud; französischer Name des Schweizer Kantons Waadt.

90,9 f. *Rousseau in seiner Heloise:* Jean-Jacques Rousseau in seinem epocheprägenden Roman *La Nouvelle Héloïse* (1761), den Lenz sehr schätzte.

90,27 f. *Figuranten in der Antichambre:* unbedeutende Vorzimmerfigur.

90,31 *Öde und Leere, wie ehmals im Chaos:* vgl. 1. Mose 1,2: »Und die Erde war wüst und leer«.

91,1 *Hurly Burly:* (engl.) Durcheinander, Getümmel.

91,9 *Reibung:* Spannung

92,7 *Kopfzeugen:* Hauben, Kopfputz.

92,32 *bei gegenwärtigem Kriege:* dem amerikanischen Unabhängigkeitskrieg 1775–83.

93,22 f. *die streitende Kirche ... die triumphierende:* Die streitende Kirche (Ecclesia militans) ist die Gemeinschaft der Gläubigen, die auf Erden kämpft, während die triumphierende Kirche (Ecclesia triumphans) die Gemeinschaft der Heiligen im Himmel meint.

95,5 f. *mein S–:* Gemeint ist wohl Johann Georg Schlosser (1739 bis 1799), der Schwager Goethes; er stand als Oberamtmann in Emmendingen im Dienst des Markgrafen von Baden und war auch schriftstellerisch tätig (*Katechismus der Sittenlehre für das Landvolk*, 1771). Lenz stand mit ihm seit 1775 in enger Verbindung und hielt sich immer wieder in seinem Haus auf.

95,9 *Epoke:* Epoche, Abschnitt.

95,14 *takeln:* die Segelausrüstung anbringen.
kalfatern: die Fugen des Schiffes mit geteertem Werg abdichten.

95,19 *zu Künsten aufgenommen zu werden:* hier: einen Handels- oder wissenschaftlichen Beruf zu ergreifen; unter den Künsten verstand man im 18. Jh. noch ein sehr weites Spektrum von auf Wissen beruhenden Fertigkeiten und Tätigkeiten.

96,20 *Delikatesse:* Zartheit, Empfindlichkeit.

98,3 *dafern:* sofern.

98,33 *Kredenztellern:* Anrichtetellern, Eßtellern.

99,11 *nachdem:* wonach.

99,17 *Wallfahrt:* hier: Ausflug.

99,20 f. *et Compagnie:* (frz.) und Teilhaber.

99,24 *Deklaration:* hier: Erklärung seiner Liebe.

100,2 *Philanthrop:* Menschenfreund, Erzieher.
Kosmopolit: Weltbürger.

100,17 *der schlimmste Sauerteig:* durch Gärung gesäuerter Brotteig, von dem schon eine kleine Menge genügt, um einen neuen Teig zur Gärung zu bringen; im Neuen Testament Sinnbild eines guten oder schlechten Einflusses (vgl. etwa Mt. 13,33).
Adams Fall: dem ersten Sündenfall (vgl. 1. Mose 3,1–7).

100,22 f. *auszureuten:* auszureißen, auszurotten.

100,24 *Heilsordnung:* zeitübliche Bezeichnung für ein Buch zur religiösen Unterweisung.

100,34 *Richtet nicht ... gerichtet werdet:* Mt. 7,1.

101,3 *Postillen:* religiöse Erbauungstexte.

101,7 *Young:* Edward Young (1683–1765), englischer Dichter und Geistlicher, der mit seinem Werk *The Complaint, or Night Thoughts on Life, Death and Immortality* (1742–45, dt. 1760–61) in ganz Europa großen Einfluß auf die empfindsam-religiöse Dichtung des 18. Jh.s gewann und eine Flut von Nachahmungen auslöste; auf sie spielt der folgende Titelkatalog ironisch an.

101,21 *Radix:* (lat.) Wurzel.

101,25 *Richardson:* Samuel Richardson (1689–1761), englischer Schriftsteller, der mit seinen psychologischen Briefromanen *Pamela, or Virtue Rewarded* (1740, dt. 1772) und *Clarissa, or the History of a Young Lady* (1748, dt. 1788–92) zu einem Begründer des empfindsamen Romans wurde.
Fielding: Henry Fielding (1707–54), englischer Roman- und Bühnenschriftsteller, dessen großer humoristisch-realistischer Roman *The History of Tom Jones, a Foundling* (1749, dt. 1771) schon bald nach seinem Erscheinen in ganz Europa Verbreitung fand.

101,30 *nota bene:* (lat.) wohlgemerkt.

102,13 *Sympathie:* hier: innere Wesensverwandtschaft.

103,4 *Traktate:* kurze, belehrende Abhandlungen.

103,6 *groß 8vo:* Groß-Oktav (Buchformat).

103,12 *Montesquieu:* Der französische Kulturphilosoph und Staatswissenschaftler Charles-Louis de Secondat, Baron de la Brede et de Montesquieu (1689–1755) erklärte in seinem Hauptwerk *De l'esprit des loix* (1748, dt. 1753) den Charakter eines Volkes aus der Summe seiner natürlichen und geschichtlichen Bedingungen.

103,25 f. *Longobarden ... Goten ... Alemannen ... Franken:* germanische Stämme, die aus dem unteren Elbe-Gebiet (Langobarden), vom Rhein (Franken, Alemannen) und von der Ostsee (Goten) her während der Völkerwanderungszeit (3.–6. Jh. n. Chr.) in südliche und westliche Teile Europas umsiedelten.

103,29 *Zeiten der Kaiser:* Die römische Kaiserzeit dauerte von Augustus (31 v. Chr.) bis zum Ende des Weströmischen Reichs (476 n. Chr.).

104,18 f. *die alte Lehnsverfassung:* Gemeint ist die sich im Mittelalter ausbildende Feudalverfassung, in der der Kaiser der adligen Oberschicht erbliche Nutzungsrechte an Territorien gegen die Verpflichtung zur Treue und zum Kriegsdienst verlieh.

105,19 f. *Allmutter Eva, nach Geßners reizender Beschreibung:* vgl. den 2. Gesang des Prosagedichts *Der Tod Abels* (1758) von Salomon Geßner (1730–88), in dem es freilich ausdrücklich heißt, daß Kain »mit Schmerzen« geboren wurde.

105,27 *Täfelchen:* Blätter aus einem Notizbuch.

105,29 *sympathetisches:* mitempfindendes.

106,1 *die Bleistift:* als Fem. sonst nicht nachgewiesen.

106,19 *gichterisches:* krampfhaftes.

106,23 f. *schöner Geist:* Schöngeist.

106,26 f. *dithyrambischer:* (griech.) begeisterter.

106,28 *Heva:* hebr. Form des Namens Eva, den der erste Mensch nach 1. Mose 3,20 seiner Lebensgefährtin gab.

106,31 *Schlangenkopf:* Anspielung auf den Sündenfall (1. Mose 3).

107,1 f. *Ode ... über die Einsamkeit:* beliebtes Thema in der zeitgenössischen Dichtung in der Nachfolge von Young (vgl. Anm. zu 101,7).

107,6 f. *Macbethsgemälde:* In Shakespeares Drama *Macbeth* spielt ein Teil des Geschehens in wilder, von Hexen bewohnter Naturlandschaft.

107,7 f. *ein zerstörtes Schloß auf einer Felsenhöhe:* Lenz nahm sich für diese Szene wohl das Hochburger Schloß bei Emmendingen, wo diese Erzählung entstand, zum Modell.

107,36 *Phaon:* Der sagenhafte Geliebte der griechischen Dichterin

Sappho (um 600 v. Chr.), die sich, da ihre Liebe unerwidert blieb, seinetwegen von einem Felsen ins Meer gestürzt haben soll.

108,7 *Almanach ... Taschenbuch:* Ein Großteil der zeitgenössischen Lyrik, aber auch dramatische und epische Werke erschienen seit etwa 1770 und bis weit ins 19. Jh. hinein in den überaus beliebten und in ihrer Vielfalt kaum zu überschauenden Musenalmanachen und literarischen Taschenbüchern.

109,6 f. *Hagedorn, Uz und Gleim:* Friedrich von Hagedorn (1708 bis 1754), Johann Peter Uz (1720–96) und Johann Wilhelm Ludwig Gleim (1719–1803) sind Hauptvertreter der deutschen Rokoko-Lyrik und Anakreontik.

109,7 *Ode von Klopstock:* Klopstock veröffentlichte 1771 die Ausgabe seiner *Oden.*

Goethens Erwin: Lenz hatte die Aufführung von Goethes Singspiel *Erwin und Elmire* am 24. Mai 1776 auf dem Weimarer Liebhabertheater wohl selbst gesehen und aus diesem Anlaß auch das Gedicht »Auf die Musik zu Erwin und Elmire«, die die Herzogin Anna Amalia komponiert hatte, geschrieben. Vgl. Anm. zu 85,5–7.

109,12 *z. E.:* zum Exempel, zum Beispiel.

109,12 f. *Günther von Schwarzburg:* Anton von Kleins (1748–1810) »Singspiel in drei Aufzügen« (1777).

110,5 *Bibliotheken:* Zu den bedeutendsten dieser Periodika der Aufklärung gehören Friedrich Nicolais *Allgemeine Deutsche Bibliothek* (1765–1805) und die *Neue Bibliothek der schönen Wissenschaften und der freien Künste* (1765–1806), herausgegeben von Christian Felix Weiße.

110,26 *L'Ambassadore:* (ital.) Der Gesandte.

110,30 *eigen gemacht:* hier: gelehrt.

110,33 *Negoziation:* s. Anm. zu 13,28.

110,33 f. *bei den Generalstaaten:* in den Niederlanden.

111,21 *Sekundus:* (lat.) der Zweite.

112,13 f. *Gasthaus:* hier: Gästehaus.

113,22 *Johannisfest:* 24. Juni.

113,36 *Maien:* Birkenzweigen.

114,19 *Kastellan:* Verwalter.

114,25 *zu diesem Tage zuschickten:* auf diesen Tag vorbereiteten.

115,4 *den Brunnen zu trinken:* das Wasser einer Heilquelle zu trinken, eine Trinkkur zu machen.

115,8 *Spezial:* Spezialsuperintendent, Dekan.

115,10 f. *epitomieren:* in Auszügen mitteilen.

116,6 f. *ans Oberkonsistorium zu referieren:* der obersten evangelischen Kirchenbehörde zu melden.
116,9 f. *Sonn- und Feiertagsevangelien:* die für die Sonn- und Feiertage vorgeschriebenen Abschnitte aus den Evangelien.
116,34 *katechetische:* in Frage und Antwort.
117,13–16 *Wenn einer die ganze Welt gewönne ... Seele:* Mt. 16,26: »Was hülfe es dem Menschen, so er die ganze Welt gewönne und nähme doch Schaden an seiner Seele?«
117,31 *Proselyt:* Neubekehrte.
117,32 *mutandis mutatis:* (lat.) mit Abänderungen.
118,2 f. *Christus fand seine Jünger ... Zug tun*: vgl. Lk. 5,1–10.
118,11 *abgezogenen Spiritus:* abgefüllten Geist.
119,12 *frappantesten:* schlagendsten.
120,9 *Blutgeld:* Belohnung für Aufdeckung eines Verbrechens.
120,11 *gelogen: lügen* regiert hier den Dativ.
120,20 *Liebe:* Liebe als die Grundlage und der Maßstab christlicher Ethik (nach Joh. 13,34: »Ein neu Gebot gebe ich euch, daß ihr euch untereinander liebet, wie ich euch geliebt habe, auf daß auch ihr einander liebhabt«).
120,22 *Engel des Lichts:* 2. Kor. 11,14 f.: »denn er selbst, der Satan, verstellt sich zum Engel des Lichtes. Darum ist es nicht ein Großes, wenn sich auch seine Diener verstellen als Prediger der Gerechtigkeit; welcher Ende sein wird nach ihren Werken.«
120,25 *Buttel hinter uns dräuten:* Häscher hinter uns drohten.
120,33 *sich assoziiert:* sich zusammengetan.
120,36 *Tisch:* hier: Kost, Verpflegung.
121,4 *die tierischen Operationen:* die natürlichen, sinnlich-sexuellen Bedürfnisse und Beziehungen.
121,29 f. *ich nicht weiter anzusehen als:* ich nur gelte als.
122,5 *Goldsmith:* Der englische Schriftsteller Oliver Goldsmith (1728–74) wurde in Deutschland vor allem durch seinen empfindsam-realistischen Roman *The Vicar of Wakefield* (1766, dt. 1767) bekannt und populär.
Fielding: s. Anm. zu 101,25.

Literaturhinweise

Werkausgaben

Gesammelte Schriften. Hrsg. von Ludwig Tieck. 3 Bde. Berlin: Reimer, 1828.
Gesammelte Schriften. Hrsg. von Franz Blei. 4 Bde. München/Leipzig: Müller, 1909–13.
Werke und Schriften. 2 Bde. Hrsg. von Britta Titel und Hellmut Haug. Stuttgart: Goverts, 1966.
Werke und Schriften. Hrsg. von Richard Daunicht. Reinbek bei Hamburg: Rowohlt, 1970.
Werke und Briefe in 3 Bänden. Hrsg. von Sigrid Damm. München: Hanser, 1987.
Briefe von und an Jakob Michael Reinhold Lenz. Gesammelt und hrsg. von Karl Freye und Wolfgang Stammler. 2 Bde. Leipzig: Wolff, 1918. Neudr. Bern: Lang, 1969.

Neuere Forschungsliteratur

Boëtius, Henning: Der verlorene Lenz. Auf der Suche nach dem inneren Kontinent. Frankfurt a. M. 1985.
Damm, Sigrid: Vögel, die verkünden Land. Das Leben des Jakob Michael Reinhold Lenz. Berlin/Weimar 1985.
Dedert, Hartmut: Die Erzählung im Sturm und Drang. Studien zur Prosa des achtzehnten Jahrhunderts. Stuttgart 1990.
Diffey, Norman R.: Jakob Michael Reinhold Lenz and Jean-Jacques Rousseau. Bonn 1981.
Engel, Ingrid: *Werther* und Wertheriaden. Ein Beitrag zur Wirkungsgeschichte. St. Ingbert 1986.
Heine, Thomas: Lenz's »Waldbruder«. Inauthentic Narration as Social Criticism. In: German Life and Letters 33 (1979/80) S. 183–189.
Herbst, Hildburg G.: Frühe Formen der deutschen Novelle im 18. Jahrhundert. Berlin [West] 1985.
Jakob Michael Reinhold Lenz. München 2000. (Text + Kritik. 146.)
Jakob Michael Reinhold Lenz. Vom Sturm und Drang zur Moderne. Hrsg. von Andreas Meier. Heidelberg 2001.
Meinzer, Elke: Die Irrgärten des J. M. R. Lenz. Zur psychoanalyti-

schen Interpretation der Werke *Tantalus*, *Der Waldbruder* und *Myrsa Polagi*. In: Jakob Michael Reinhold Lenz. Studien zum Gesamtwerk. Hrsg. von David Hill. Opladen 1994. S. 161–178.

Pautler, Stefan Martin: Jakob Michael Reinhold Lenz. Pietistische Weltdeutung und bürgerliche Sozialreform im Sturm und Drang. Gütersloh 1999.

Rector, Martin: Zur moralischen Kritik des Autonomie-Ideals. Jakob Lenz' Erzählung *Zerbin oder die neuere Philosophie*. In: »Unaufhörlich Lenz gelesen ...«. Studien zu Leben und Werk von J. M. R. Lenz. Hrsg. von Inge Stephan und Hans-Gerd Winter. Stuttgart/Weimar 1994. S. 294–308.

Sautermeister, Gert: »Unsre Begier wie eine elastische Feder beständig gespannt«. Der »Geschlechtertrieb« in Lenzens Theorie, Lyrik und Dramatik. In: Études germaniques 52 (1997) S. 79–98.

Schulz, Georg-Michael: Jacob Michael Reinhold Lenz. Stuttgart 2001.

Schwarz, Hans-Günther: Dasein und Realität. Theorie und Praxis des Realismus bei J. M. R. Lenz. Bonn 1985.

Stephan, Inge: Das Scheitern einer heroischen Konzeption. Der Freundschafts- und Liebesdiskurs im *Waldbruder*. In: »Unaufhörlich Lenz gelesen ...«. Studie zu Leben und Werk von J. M. R. Lenz. Hrsg. von Inge Stephan und Hans-Gerd Winter. Stuttgart/Weimar 1994. S. 273–293.

– / Winter, Hans-Gerd: »Ein vorübergehendes Meteor«? J. M. R. Lenz und seine Rezeption in Deutschland. Stuttgart 1984.

Stockhammer, Robert: Zur Politik des Herz(ens): J. M. R. Lenz' »misreadings« von Goethes *Werther*. In: Jakob Michael Reinhold Lenz. Studien zum Gesamtwerk. Hrsg. von David Hill. Opladen 1994. S. 129–139.

Stötzer, Jürgen: Das vom Pathos der Zerrissenheit geprägte Subjekt. Eigenwert und Stellung der epischen Texte im Gesamtwerk von Jakob Michael Reinhold Lenz. Frankfurt a. M. [u. a.] 1992.

»Unaufhörlich Lenz gelesen ...«. Studien zu Leben und Werk von J. M. R. Lenz. Hrsg. von Inge Stephan und Hans-Gerd Winter. Stuttgart [u. a.] 1994.

Weiß, Christoph: *Waldbruder*-Fragmente. Über einige bislang ungedruckte Entwürfe zu J. M. R. Lenz' Briefroman *Der Waldbruder, ein Pendant zu Werthers Leiden*. In: Lenz-Jahrbuch 3 (1993) S. 87–98.

Winter, Hans-Gerd: J. M. R. Lenz. Stuttgart 1987. ^{2}2000.

– Lenz as Adherent and Critic of Enlightenment in *Zerbin; or,*

Modern Philosophy and *the Most Sentimental of All Novels*. In: Impure Reason. Dialectic of Enlightenment in Germany. Hrsg. von W. Daniel Wilson und Robert C. Holub. Detroit 1993. S. 443–464.

Wurst, Karin A.: J. M. R. Lenz' Poetik der Bedingungsverhältnisse: *Werther*, die *Werther-Briefe* und *Der Waldbruder, ein Pendant zu Werthers Leiden*. In: Karin A. Wurst (Hrsg.): J. R. M. [!] Lenz als Alternative? Positionsanalysen zum 200. Todestag. Köln [u. a.] 1992. S. 198–219.

– Überlegungen zur ästhetischen Struktur von J. M. R. Lenz' *Der Waldbruder, ein Pendant zu Werthers Leiden*. In: Neophilologus 74 (1990) S. 70–86.

– »Von der Unmöglichkeit, die Quadratur des Zirkels zu finden«. Lenz' narrative Strategien in *Zerbin oder die neuere Philosophie*. In: Lenz-Jahrbuch 3 (1993) S. 64–86.

Nachwort

Jakob Michael Reinhold Lenz (1751–92) gehört noch immer zu den sperrigen Autoren der deutschen Literatur. Zwar wird ihm längst nicht mehr ein Platz im *Pandämonium Germanicum* bestritten, und man räumt ihm auch nicht lediglich einen bescheidenen Winkel im »Tempel des Ruhms« ein, wie er es sich selbst mit der für ihn charakteristischen Mischung von Stolz und Selbstwertzweifeln in seiner Literatursatire erträumte. Seine herausragende Bedeutung als einer der Begründer des modernen realistischen Dramas steht heute außer Frage. Dieser Nachruhm beruht aber im wesentlichen auf nur drei seiner Werke, den beiden sozialkritischen Komödien *Der Hofmeister* und *Die Soldaten* sowie den *Anmerkungen übers Theater*, in denen er die Grundzüge einer neuen Theorie des Dramas entwarf. So wird allerdings oft übersehen, daß Lenz neben diesen epocheprägenden Werken ein überaus vielschichtiges Œuvre hinterließ, das neben Dramen und Dramenfragmenten moralisch-theologische und literaturkritische Abhandlungen, Gedichte – die besten behaupten ihren Platz neben Goethes Straßburger Lyrik – und Prosadichtungen umfaßt; auch diese weniger bekannten Arbeiten lassen überall die außergewöhnliche Begabung dieses »so talentvollen als seltsamen Menschen« (Goethe) erkennen.

Alle bedeutenden Werke von Lenz entstanden innerhalb einer kurzen, nur knapp sechsjährigen Schaffensphase zwischen 1771, als der gerade zwanzigjährige Livländer nach Straßburg kam, und dem Ausbruch der schweren psychischen Erkrankung im Winter 1777/78. Dabei standen dramatische Arbeiten immer im Vordergrund seines Schaffens. Der erzählenden Prosa wandte sich Lenz erst nach 1774 zu, jenem Jahr, das ihn mit gleich vier gewichtigen Veröffentlichungen – *Der Hofmeister*, *Lustspiele nach dem Plautus*, *Anmerkungen übers Theater* und *Der neue Menoza* – der literarischen

Öffentlichkeit als Exponenten der jungen Dichtergeneration des Sturm und Drang bekannt machte.

Weshalb sich Lenz erst spät als Erzähler versuchte, läßt sich nur vermuten, doch hängt es sicherlich auch mit einem weiteren wichtigen Einschnitt in seinem Leben zusammen, den das Jahr 1774 brachte. Ermutigt von der Resonanz, die seine Bücher gefunden hatten, trennte sich Lenz im Herbst dieses Jahres von den beiden Baronen von Kleist, die er nach Straßburg begleitet und mit denen er bis dahin bei freier Kost und Logis als Bedienter und Gesellschafter gelebt hatte. Eine zulängliche Existenz als »freier« Schriftsteller erwies sich aber rasch als Illusion. Ohne Amt und Anstellung, sich einen Unterhalt notdürftigst mit Stundengeben verdienend, sah sich Lenz schon bald gezwungen, die Veröffentlichung seiner Manuskripte, die bis dahin meist Freunde – allen voran Goethe – besorgt hatten, selbst energisch zu betreiben und seine Arbeiten auch als Waren zu betrachten. »Ich muß nie vergessen«, so mahnte er sich auf einem Zettel, der wohl aus jener Zeit stammt, »mich bei all meiner romantischen Gutheit als einen höchst billigen Kaufmann anzusehen, der seine Produktionen auf die feinste und menschenliebigste Art dem Vaterlande überläßt« (zit. nach Damm, S. 170). In »höchster Not« verkaufte er im Oktober 1775 sein Drama *Die Algierer* dem Gothaer Hoftheater für sieben Dukaten, und wenige Wochen später bot er Heinrich Christian Boie (1744–1806), der Lenz zur Mitarbeit an seinem neuen Journal *Deutsches Museum* aufgefordert hatte, seine erste Erzählung an; zehn Dukaten forderte er dafür, sieben erhielt er. Nimmt man die Klagen des Verlegers als Indiz, der Lenz um Geheimhaltung des Betrags bat, so war das ein sehr gutes Honorar, das Boie nicht zuletzt in der Hoffnung bezahlte, noch weitere Beiträge des umworbenen Autors zu bekommen, die dieser ihm auch umgehend in Aussicht stellte. Die Nachfrage, ausgelöst durch die erste Erzählung, führte zu weiteren Versuchen in erzählender Prosa; *Zerbin* war kaum gedruckt, als Lenz jenen »kleinen Roman in Briefen«, den Fragment gebliebenen

Waldbruder, begann, an dem er – neben anderem – während seines Aufenthaltes in Weimar im Jahre 1776 arbeitete; und in den Wochen nach dem Bruch mit Goethe und der traumatischen Vertreibung vom Weimarer Parnaß entstand Lenzens letzte größere Arbeit, die Erzählung *Der Landprediger*, die er wieder umgehend in Boies *Deutschem Museum* veröffentlichte.

Obgleich die erzählende Prosa insgesamt einen beachtlichen Anteil an seinem Gesamtwerk ausmacht, sah Lenz in seinen Erzählungen wohl wenig mehr als Nebenarbeiten. Denn anders als zu seinen Dramen hat er sich zu seiner Prosa kaum geäußert. Wie in der kunsttheoretischen Diskussion der Zeit spielte in seinen literaturkritischen Aufsätzen die Erzählung keine Rolle, obwohl sie sich in Zeitschriften längst als variantenreiche Gattung etabliert hatte. Lenz war in den narrativen Konventionen seiner Zeit wohlversiert und griff in seinen Erzählungen so unterschiedliche Formen wie ›moralische‹ Erzählung, Feenmärchen, Briefroman, Fabel, Dialogerzählung, Satire auf. Nicht alles ist ihm gelungen, und manches blieb Fragment. Von Interesse für heutige Leser sind im wesentlichen nur die Erzählungen und Bruchstücke, die bis 1777 entstanden, während die Prosatexte, die Lenz nach seiner Rückkehr nach Livland schrieb und die er – psychisch gebrochen – 1781 in einem dortigen literarischen Magazin veröffentlichte, mehr die Zerstörung als die Kraft seiner Begabung dokumentieren. Keiner dieser Texte erreicht mehr die Höhe seiner früheren Erzählungen, mit denen Lenz im *Deutschen Museum* als Erzähler hervortrat, oder des Romanfragments *Der Waldbruder*, das Goethe 1797 posthum in Schillers *Horen* herausgab. Lenz starb, erst 41 Jahre alt, völlig verarmt und in Deutschland schon vergessen 1792 in Moskau.

Man las die Erzählungen oft freilich nicht nur wegen ihres literarischen Gehalts, sondern tendierte mit Schiller dazu, sie als semi-authentische Dokumente zum Leben und zur Lebensproblematik ihres Verfassers zu betrachten, die

»immer einen biographischen und pathologischen Wert haben müssen« (2. Februar 1797 an Goethe). Eine solche Betrachtungsweise hat insofern eine gewisse Berechtigung, als Lenz in seinen Erzählungen – wie in den Dramen – extensiv eigene Erfahrungen verarbeitet und die Hauptfiguren häufig autobiographische Züge tragen, so daß man seine Dichtungen als Schlüsseltexte ansah und selbst unbedeutende Nebenfiguren mit Personen aus der Umgebung des Dichters identifizierte. Häufig genug sind solche Bezüge auch nur zu evident: so reflektiert das Geschehen in *Der Waldbruder* Lenzens unglücklich-verunglückte Leidenschaft zu Henriette von Waldner und stand Johann Georg Schlosser (1739–99), der Emmendinger Freund, in manchem Pate zu Mannheim und seiner Familie. Wir wissen auch aus dem 14. Buch von *Dichtung und Wahrheit*, daß sich Lenzens erzählende Prosa aus autobiographischen Aufzeichnungen entwikkelte; Goethe berichtet dort, er habe Lenz aufgefordert, »die sämtlichen Irrgänge« einer Liebesaffäre, die ihm dieser »mündlich und nachher schriftlich« mitgeteilt hatte, in »einen kleinen Roman [. . .] zu bilden«. Diese Bemerkung kann sich nur auf das 1774/75 entstandene und an Goethe adressierte *Tagebuch* und *Zerbin* beziehen. Das *Tagebuch* gehört wie die zweite, nur wenig später abgefaßte Bekenntnisschrift *Moralische Bekehrung eines Poeten* in den Zusammenhang der zeitgenössischen empfindsamen Selbsterforschungsliteratur; beide wohl nicht zur Veröffentlichung bestimmten Schriften bilden zeitlich und stofflich ein Bindeglied zwischen Lenzens moraltheologischer Essayistik und seinen Erzählungen, die unmittelbar danach entstehen, auch ganz direkt, insofern Lenz – Goethes Vorschlag aufgreifend – in der ersten Hälfte von *Zerbin* einige der im *Tagebuch* geschilderten »Kreuz- und Querbewegungen« nachzeichnet. Das Interesse für solche biographischen Bezüge, denen vor allem ältere Untersuchungen unermüdlich nachspürten, hat lange den Blick auf die Frage verstellt, die uns heute mehr interessiert, nämlich nach Lenzens Beitrag zur Entwicklung der Kurzprosa im

18. Jahrhundert. Schillers herablassendes Verdikt hat hier inzwischen einer differenzierteren Einschätzung Platz gemacht.

Die drei Prosadichtungen, die in unserer Ausgabe abgedruckt sind, gehören zu einem damals geradezu dominierenden Erzählungstypus, dem sogenannten ›Charaktergemälde‹. Dieser Begriff und ähnliche Bezeichnungen meinen in der zweiten Hälfte des 18. Jahrhunderts nicht so sehr ein spezifisches Genre, sondern deuten auf eine für die Entwicklung der Erzählprosa entscheidende Wandlung in der Charakterschilderung. In dem Maße, in dem die Aufklärung die Subjektivität des Menschen entdeckte und die komplexe Verbindung von persönlichkeitsgebundenen und gesellschaftlichen Faktoren in der Charaktergenese wie im Verhalten eines Individuums erkannte, empfand man zunehmend ein Ungenügen an jenen Typenporträts in der langen Tradition der *Charaktere* von Theophrast (372–287 v. Chr.) bis zu La Bruyère (1645–96), die sich noch zu Beginn des Jahrhunderts in den Moralischen Wochenschriften großer Beliebtheit erfreuten. Der Übergang vom additiven und sentenzenhaften Porträt der Verhaltensweisen eines bestimmten Laster- oder Tugendtypus zum erzählenden ›Charaktergemälde‹, das ein einzelnes und dabei zugleich repräsentatives Individuum profiliert, vollzog sich bis in die siebziger Jahre des Jahrhunderts.

Die Popularität des theophrastschen ›Charakter‹ wie des ›Charaktergemäldes‹ während der Aufklärung liegt wesentlich darin begründet, daß sich beide als hervorragende Medien für eines der zentralen Anliegen der Epoche anboten: die Beschäftigung mit Moral. Niemals zuvor hat man so viel über ›Moral‹ philosophiert und Kunst wie Literatur so sehr in den Dienst der geistig-sittlichen Erziehung des Menschen gestellt. Doch während der ›Charakter‹ aus der sozialen Vielfalt Allgemein-Menschliches herauskristallisiert und von der impliziten Annahme der Unwandelbarkeit menschlicher Natur ausgeht, öffnet das ›Charaktergemälde‹ bewußt Einsicht in die historische und gesellschaftliche Bedingtheit individuellen Verhaltens und ethischer Normen; »damit solche moralische Individual-Gemählde wirklich *nützlich* werden«, meint Wieland in einer Bemerkung aus dem Jahre 1775, die diesen Wandel in der Charakterschilderung sehr genau markiert, »muß man sich nicht begnügen, uns zu erzählen, *was* diese merkwürdigen Menschen gethan haben, oder *was* sie gewesen: man muß uns begreiflich machen, *wie* sie das, was sie waren, *geworden sind*; unter welchen Umständen, in welcher innern und äußern Verfassung, durch welche verborgenen Triebfedern, bey welchen Hindernissen und Hülfsmitteln, sie gerade so, und nicht anders wurden, so und nicht anders handelten. – Gleichgültig kann uns dann seyn, ob eine solche Person einen historischen oder gefabelten Nahmen führt, ob der Mann *Agathon* oder *Epaminondas*, *Gil Blas* oder *Tom-Jones* heißt: wenn er nur wahres Leben athmet, nur durchaus wirklicher Mensch ist«[1]

Ebendiese empirisch-psychologische und konsequent wirklichkeitsbezogene Sichtweise kennzeichnet auch die Erzählungen von Lenz. Weder die Geschichte Zerbins noch die von Herz oder Mannheim präsentieren ein simples applikables moralisches Muster. Lenz schildert in ihnen vielmehr Charaktere von bedingter Autonomie, deren Anlagen, Begabungen und Ambitionen sich unter den prägenden Einflüssen äußerer Umstände wie Herkunft, Begegnungen mit anderen Menschen oder Normen der Umwelt zur Biographie einer Person formen, mit der die Leser ihr eigenes Leben kontrastieren können. Die Erzählungen wollen Einsicht in die vielfältigen, dabei kaum berechenbaren Beweggründe individuellen und sozialen Handelns öffnen und »auf der großen Karte menschlicher Schicksale verschiedene neue Wege entdecken«, wie der Erzähler in *Zerbin*, beflügelt vom Entdeckergeist seiner Zeit, versichert. Konkrete Lokalisierung und Anspielungen verankern das Geschehen in der zeitgenössischen Gegenwart und geben den Erzählungen das Gepräge

1 *Unterredungen mit dem Pfarrer von ...*, in: *Sämmtliche Werke*, Bd. 30, Leipzig 1797, S. 512.

von Aktualität und Relevanz; diesen Eindruck bestärkt Lenz in *Zerbin* und in *Der Landprediger* darüber hinaus durch einen selbst damals schon recht konventionellen Authentizitätstopos, der Beteuerung nämlich, die geschilderten Begebenheiten basierten auf wahren Ereignissen und seien verbürgten Aufzeichnungen nacherzählt, die z. T. sogar direkt ›zitiert‹ werden und so für diese Erzählungen die im Sinne rhetorischer Wirkungsästhetik besonders hohe Überzeugungskraft historischer Exempel beanspruchen. Die Wirklichkeitsgestaltung bleibt aber auch bei Lenz stets der höheren Aufgabe der moralischen Unterweisung untergeordnet.

Dies tritt besonders in der Erstlingserzählung zutage. Dem Herausgeber des *Deutschen Museums* gegenüber charakterisiert Lenz *Zerbin oder die neuere Philosophie* »als eine Erzählung in Marmontels Manier, aber [. . .] nicht mit seinem Pinsel« (an Boie, Dezember 1775). Damit stellt er seine Erzählung in die Nachfolge eines der einflußreichsten Vertreter didaktischer Aufklärungsliteratur, von dem er sich allerdings noch im selben Atemzug distanziert. Jean-François Marmontels (1723–99) *Contes Moraux* wurden bis zum Ausgang des Jahrhunderts in ganz Europa gelesen und vielfach nachgeahmt. Diese Erzählungen haben immer ein klar definiertes moralisches Anliegen, das eine einfach gehaltene Handlung mit wenigen, charakterlich noch stark typisierten Figuren illustriert. Meist drehen sie sich um allgemein menschliche Schwächen, die in oft recht amüsanter Weise bloßgestellt und durch Tugend und Klugheit überwunden werden.

Doch Marmontels Art der Idealisierung bürgerlicher Sittlichkeit vermag Lenz nicht mehr zu teilen. Seine ›moralische‹ Erzählung setzt vielmehr, wie ihre Einleitung hervorhebt, an der Diskrepanz zwischen einer propagierten und einer praktizierten Moral an, die »Menschenliebe und Empfindsamkeit« predigt, aber über dem Endzweck einer allgemeinen Glückseligkeit das bestehende Unglück so vieler Mitmenschen vernachlässigt. Dieses Problem soll das Beispiel eines individuellen Schicksals erhellen. Den didaktischen Impetus unterstreicht ein Erzähler, der die Geschichte des Leipziger Magisters der Philosophie gleichsam als sozialpsychologische Fallstudie präsentiert und sich den Lesern als Mentor aufdrängt, indem er, seinen Bericht immer wieder unterbrechend, sich mit Appellen an deren Einfühlungsvermögen, mit Hinweisen auf die entscheidenden Entwicklungsmomente und mit erläuternden Kommentaren zum Geschehen einschaltet.

Die Erzählung zeigt das Scheitern des Versuchs eines jungen Mannes, sich nach seinen moralischen Idealen in einer nach Besitz und Rang strebenden Umwelt selbst zu verwirklichen. Die Kollision von Zerbins jugendlich strengem Tugendbewußtsein mit der utilitaristischen Gesinnung seiner bürgerlichen Umgebung, der die ›neuere Philosophie‹ eine bequeme Moral der Kompromisse bereitstellt, kann nicht ausbleiben und zermürbt allmählich auch seine stolze »Gradheit des Herzens«. Katalysator dieses Wandels werden Begegnungen mit drei Frauen. Im Umgang mit ihnen, von denen jede auf einer anderen Rangstufe der Gesellschaft steht, erfährt Zerbin, daß selbst im privaten Bereich zwischenmenschlicher Beziehungen, in Liebe und Freundschaft, die Ständerealität wirksamer ist als sein empfindsames Liebesideal. Renatchen Freundlach, Schwester eines Bankiers, zu dessen Haus er als Tutor eines Grafen Zutritt hat, verwickelt Zerbin in eine raffinierte Liebesintrige, in der sie ihn benutzt, um die Gunst seines adeligen Herrn zu erlangen. Die demütigende Enttäuschung dieser ersten Liebe Zerbins erschüttert das Selbstvertrauen des jungen Gelehrten zutiefst und droht seine vielversprechende akademische Laufbahn zu lähmen. Er sucht Trost bei der Tochter seines Wirts; aber auch bei ihr findet er nicht das ersehnte »Anschließen eines Herzens an das andere«; Hortensie möchte zwar gerne »Frau Magistern« werden, aber nicht weil sie Zerbin liebt, sondern weil eine Ehe mit ihm ihr soziale Sicherheit und gesellschaftliches Ansehen verspricht. In Schulden und demoralisiert wird Zerbin schließlich auf seine Aufwärterin, ein einfaches Bauernmädchen, aufmerksam, die ihn längst im stillen liebt. Doch in dieser Beziehung versagt Zerbin, wird er, der einst die menschenverachtende Geldgier seines reichen Vaters floh und seine Herkunft verleugnet hat, von seinen Standesvorurteilen eingeholt. In der Wahl zwischen einer unstandesgemäßen Geliebten, die von ihm schwanger ist, und seiner Karriere entscheidet er sich standesbewußt – und überläßt Marie ihrem Schicksal. Die Moralität des Moralphilosophen erweist sich am Ende als so hohl wie die der städtischen Bürgergesellschaft: sie ist Rechtfertigungsideologie. Sie kontrastiert mit der unverbildeten Sittlichkeit der ›kleinen Leute‹, verkörpert in Marie, die sich lieber dem eigennützigen Glück ihres Liebhabers aufopfert, als ihn zur Einlösung seines Eheversprechens zu zwingen.

Obwohl sich die Sympathien des Erzählers im zweiten Teil mehr und mehr Marie zuwenden, verliert Lenz doch nie die eigentliche Absicht seines Exempels aus den Augen, nämlich »Mitleid«, und das meint einfühlendes Verständnis für Zerbin und den Prozeß seiner moralischen Korrumpierung zu erwecken; sein Held war kein Bösewicht, er wurde es, und daran hat die Gesellschaft, die auch die der Leser ist, wesentlichen Anteil. Diesen Zusammenhang in der Entwicklung, in den psychischen Reaktionen und im Verhalten seines Helden scharfsichtig analysiert und nuanciert zur Darstellung gebracht zu haben gibt dem Anspruch des Erzählers, dies sei das »erste wahre Gemälde einer Männerseele«, einige Berechtigung.

Für seine zweite Prosadichtung, *Der Waldbruder*, wählte Lenz abermals ein literarisches Muster, auf das diesmal sogar ein Untertitel offen hinweist: sie möchte als »ein Pendant zu Werthers Leiden« gelesen werden und stellt sich so neben eines der erfolg- und folgenreichsten Bücher seiner Zeit. Gleich dem Vorbild bedient sich der Fragment gebliebene kleine Roman der seit Samuel Richardsons *Pamela* (1740) geradezu modisch gewordenen Form des Briefromans, und wie Werther ist Herz in manchem auch eine literarische Ich-

Projektion des Autors; selbst Goethe wird in das fiktionale Spiel mit einbezogen, indem Rothe, Herzens Freund und Gegenspieler, dessen Züge trägt. Aber weniger solche formalen und inhaltlichen Parallelen machen den *Waldbruder* zu einem bemerkenswerten Gegenstück zu Goethes Roman als vielmehr die Unterschiede in der Darstellung und Behandlung der Werther-Problematik.

Werther provozierte viele Zeitgenossen als Apotheose eines empfindsamen Subjekts, das für sich die Kluft zwischen den gesellschaftlichen Konventionen seiner Umwelt und den Bedürfnissen seines ›Herzens‹ nicht mehr überbrücken kann und sich von seinen ›Leiden‹ durch Selbstmord befreit. Den Anstoß verstärkte, daß Werther als sympathisch und im Grunde bewundernswert porträtiert wird. Lenz gehörte zu den enthusiastischen Bewunderern des Romans und hat ihn in seinen *Briefen über die Moralität der Leiden des jungen Werthers* gegen die philisterhafte Kritik mancher Rezensenten verteidigt, die die Suggestionskraft dieses Charakters fürchteten. Lenzens Held hätte solche Befürchtungen kaum erweckt. Herz – den programmatischen Namen hat er sich selbst gegeben – teilt mit Werther die Verabsolutierung des Gefühls und seiner Subjektivität, aber bei Lenz erscheint diese Haltung in einem viel stärkeren Maße als krankhafte und solipsistische Obsession.

Lenz zeichnet im *Waldbruder* einen sensiblen, doch psychisch labilen und unausgeglichenen jungen Mann, einen Don Quichote der Empfindsamkeit, dem »Luft- und Hirngespinste« den Blick auf die Realität verstellen. Anders als im *Werther* wird das Geschehen nicht monoperspektivisch, sondern in 32 Briefen sieben verschiedener Verfasser dargestellt, die alle zum engeren oder weiteren Bekanntenkreis von Herz gehören. So wird von divergierenden Standpunkten aus auch die Haltung der Umwelt auf eine Authentizität suggerierende Weise mit einbezogen. Herzens Briefe und somit seine Perspektive überwiegen nur in den ersten beiden Teilen, während er in den beiden Schlußteilen zunehmend zum Objekt der Mitteilungen wird. Eine besondere Rolle kommt dabei den drei langen Briefen Honestas zu, die als eine Einheit für sich den dritten Teil des Romans bilden. Sie fungieren, wie es der Name der Verfasserin andeutet, als objektive Berichte und sind an einen Außenstehenden, einen Pfarrer auf dem Lande, adressiert. Erst diese Briefe enthüllen die nicht ganz leicht durchschaubaren Zusammenhänge der bis dahin geschilderten Begebenheiten: die alles auslösende Intrige der Witwe Hohl und die Gegenintrige Rothes, der den Freund vor einer seelischen Katastrophe zu bewahren sucht. Die wohlhabende, aber überaus häßliche Witwe (sie ist in ihrer karikaturhaften Überzeichnung so wenig überzeugend wie die überidealisierte Stella) weiß wie die übrigen Freunde und Bekannten, daß Herz »ein Narr auf Charaktere« ist, aber »in der wirklichen Welt sie aufzusuchen zuviel Ekel und Launen« hat. Sie macht sich diese Schwäche zunutze, um ihn in Stella verliebt zu machen, wobei sie die bizarre Hoffnung hegt, daß Herz, wenn er einsehen muß, daß die schon seit langem verlobte Gräfin für ihn nicht erreichbar ist, seine Neigung ihr, der vertrautesten Freundin seiner imaginären Geliebten, zuwenden wird. Rothe, der lebensgewandte Realist und »einzige Mensch«, der Herz »noch zuweilen versteht«, unternimmt es, einen für alle Beteiligten schonenden Ausweg zu finden. Er gewinnt dazu sogar die Beihilfe Stellas und ihres Verlobten Plettenberg, die beide Mitleid für Herz empfinden, der ebensosehr Opfer seiner Einbildungskraft wie des durchtriebenen Spiels einer kaum weniger bedauernswerten Frau wird. Ein Skandal soll vermieden werden und das Erwachen von Herz aus seinen Illusionen nicht zu abrupt geschehen.

Über den Ausgang von Rothes Bemühen läßt sich allerdings nur spekulieren, da das Fragment abbricht, bevor Herz das Verwirrspiel um das Porträt und die Einladung, als Soldat nach Amerika zu gehen, durchschaut. Zu Recht hat man die Vermutung zurückgewiesen, daß Herz und Stella doch noch zueinanderfinden könnten, indem Plettenberg wie Don

Prado in der Komödie *Die Freunde machen den Philosophen* dem jüngeren Liebhaber großmütig die Braut überläßt; ein solches Selbstplagiat ist Lenz nicht zuzutrauen. Eher möchte man an einen abermaligen Rückzug in die Waldeinsamkeit denken, was dem Titel, der im Fragment nur für den ersten Teil zutrifft, eine größere Berechtigung verliehe.

Welchen Schluß Lenz auch immer vorgesehen hatte, Herz wäre als Mensch »schwach, halb unbrauchbar« geblieben, wie er sich schon in einem der ersten Briefe charakterisiert. In seinem Gefühlsextremismus manifestiert sich eine Schwäche seiner Persönlichkeit. So thematisiert der Roman im Unterschied zu Goethes *Werther* auch nicht eigentlich das Zerbrechen eines Überempfindsamen, dem die Umwelt kalt und verständnislos gegenübersteht. Porträtiert wird hier ein pathologisches Verhalten, mit dessen Genese man Zug um Zug vertraut gemacht wird. Einflüsse der Gesellschaft und äußere Umstände, die in Herzens Schicksal eine prägende Rolle spielen, bleiben aber selbst dort, wo sie kritisiert werden, eher im Hintergrund des Geschehens. Lenz gibt im *Waldbruder* vor allem ein Plädoyer für einen problematischen Charakter, der mit sich und der Welt quer liegt und für sein im Kern gerades, doch zu selbstbezogenes Wesen und für seine exaltierten Empfindungen auf die einfühlende Nachsicht seiner Mitmenschen angewiesen ist. Man kann und soll mit Herz wie dessen Freunde und Bekannte Mitleid haben, emphatisch für und mit ihm sympathisieren kann man – anders als mit Werther – kaum.

Waren *Zerbin* und *Der Waldbruder* im städtischen Milieu angesiedelt, so läßt Lenz seine nächste und zugleich längste Erzählung überwiegend auf dem Lande spielen, einer Umgebung also, die in der Nachfolge Rousseaus und des damals modischen Landsentimentalismus vielfach als sittlich noch intakte Gegenwelt zur Stadt beschworen wird. Der Titel weist in die gleiche Richtung, indem er programmatisch eine Figur apostrophiert, die nach dem Vorbild von Oliver Goldsmiths *Vicar of Wakefield* (1766; dt. 1767) auch in der zeitgenössischen deutschen Literatur verschiedentlich als Beispiel bürgerlicher Integrität und Gesinnung gestaltet wird wie etwa in Friedrich Nicolais vielgelesenem Roman *Das Leben und die Meinungen des Herrn Magister Sebaldus Nothanker* (1773–76); beiden Romanen erweist Lenz in seiner Erzählung seine Reverenz. Doch im Unterschied zu Goldsmith und Nicolai wird hier nicht die Leidensgeschichte eines ländlichen Hiob erzählt, der mit seiner Familie das unschuldige Opfer adliger Willkür und orthodoxer Engstirnigkeit wird, sondern das erfüllte und segensreiche Leben eines Seelsorgers und Sozialreformers. In der Form griff Lenz dabei nochmals auf das Strukturmuster seiner ersten Erzählung zurück, die lose aus Episoden zusammengefügte Charakterschilderung, in der sich ein Erzähler immer wieder mit Reflexionen und Bemerkungen an die Leser wendet.

Als Sohn eines Landpredigers wächst Mannheim – ähnlich wie Rousseaus Émile – auf dem Lande auf. Unter der Aufsicht des Vaters und im Umgang mit einem benachbarten weltoffenen und sozial engagierten Kollegen des Vaters kann sich die Persönlichkeit des Jungen ganz seinen Neigungen und Anlagen gemäß ›natürlich‹ entwickeln und festigen. Erst als Student und schon mit einem klaren Lebensziel kommt Mannheim in die Stadt, wo er ebenfalls rasch in einem königlichen Amtmann einen Mentor findet, unter dessen Fittichen der junge Mann nun auch mit der ›großen Welt‹ bekannt wird. Die Entfernung vom Land entfremdet Mannheim nicht seiner Herkunft und seiner selbstgewählten Bestimmung; er nutzt seine Zeit an der Universität und auf Reisen, die ihn in die Schweiz und nach England – die sozial fortschrittlichsten Länder des zeitgenössischen Europa – führen, um ökonomische Kenntnisse und praktische Erfahrungen zu erwerben, die ihm – inspiriert vom Leitbild jenes ›kameralistischen‹ Landpredigers seiner Jugend – bei seinem Streben, sein eigenes Glück wie das seiner Mitmenschen zu fördern, von Nutzen sein könnten. Die Früchte seiner ungewöhnlichen und wesentlich in eigener Initiative betriebenen Berufsvorbereitung, mit der Lenz indirekt die lebensfremde, gelehrte Theologenausbildung seiner Zeit kritisiert, lassen nicht lange auf sich warten. In nur kurzer Frist gewinnt Mannheim sowohl als Pfarrer wie als Initiator und Partner einer erfolgreichen landwirtschaftlichen Kooperative das Vertrauen und den Respekt seiner Gemeinde, des adligen Dorfherrn und selbst seiner skeptischen kirchlichen Oberen – und unter seinem Einfluß wird »das Dorf eines der wohlhäbigsten in der ganzen Gegend«.

Im Mittelpunkt dieser Erzählung steht aber nicht der Werdegang und das so erfolgreiche Wirken Mannheims als »Seelsorger und Verwalter« seiner Gemeinde. Die meisten Episoden drehen sich vielmehr um das persönliche Leben des Landpredigers, in dem sich die gebildeten bürgerlichen Leser des *Deutschen Museums* wiedererkennen konnten. Die Geschichte konzentriert sich besonders auf solche Szenen, die zeigen, wie Mannheim (und der Name ist wie so oft bei Lenz charakterisierend) in das bürgerliche Rollenideal des sinnvoll tätigen Bürgers, Gatten und Vaters hineinwächst und es auf nachahmenswerte Weise erfüllt: durch seine Lehrjahre auf die »männlichern Geschäfte« im öffentlichen und privaten Leben vorbereitet, wählt er sich die Gefährtin seines Lebens, gestaltet seinen Haushalt nach seinen und ihren Bedürfnissen und erzieht dann seinen Sohn, indem er dessen Begabungen und Interessen ähnlich fördernde äußere Bedingungen schafft, wie er sie in seiner eigenen Jugend vorgefunden hatte. Dieser Landprediger ist das Musterbild eines aufgeklärten patriarchalischen Familienoberhaupts, das seinem Hausstand – im kleinen das Modell und die Keimzelle einer besseren Gesellschaft – mit Autorität und Einfühlungsgabe vorsteht. Soweit in dieser Erzählung soziale Mißstände kritisiert werden, betreffen sie fast immer individuelles Verhalten, nicht jedoch die ständische Struktur der Gesellschaft, die selbst Lenz noch nicht direkt in Frage stellt. Vorurteile und Unsitten der Stände (wieder sind es vor allem solche der sogenannten höheren Schichten in der Stadt), wie sie etwa in der

Luzilla-Episode satirisiert werden, erscheinen als persönliche Schwächen. Nicht einmal das Landpredigerehepaar ist ganz frei von solchen Unsitten, aber so wie diese sich des ›unnatürlichen‹ Luxus von Tabak- und Kaffeegenuß entwöhnen und ihren als eitel erkannten Ehrgeiz nach literarischem Ruhm überwinden, so sollen sich analog auch andere Gebrechen der Gesellschaft durch Einsicht, Selbsterkenntnis und richtiges Bewußtsein der jeweiligen Rechte und Pflichten eines Standes überwinden lassen.

Die Geschichte Mannheims, der als Landprediger zwischen den Ständen vermittelt und dessen Handeln von dem Grundsatz geleitet wird, »immer sein eigenes Glück zum verjüngten Maßstab desjenigen« anzunehmen, »das er andern verschaffen wollte«, realisiert im fiktionalen Exempel die utopistische Hoffnung vieler Moralphilosophen des 18. Jahrhunderts, daß die sittliche und materielle Perfektibilität der Gesellschaft aus der Perfektibilität ihrer Mitglieder erwachsen werde. Auch für Lenz, der schon im *Versuch über das erste Principium der Moral* (etwa 1774 geschrieben) eine Lebensregel wie die seines Dorfpfarrers als den ›fruchtbarsten Teil seiner Prinzipien‹ benannt hatte, war die Reform der Gesellschaft mehr eine Frage der Moral als der Politik: »Jeder sorgt bloß für des andern Glück und jeder wird selbst glücklich, weil er um sich herum Leute findet, die für das seinige sorgen. [. . .] O wie bezaubernd ist die Aussicht in eine solche Welt! Das ist das Reich Gottes auf Erden [. . .]. Aber – ach diese Welt, ist keine solche Welt.« Dort wie hier erlaubt der Realist und Kulturkritiker dem Moralisten jedoch nicht mehr als ein Wunschbild, das der schlechteren Wirklichkeit entgegengehalten werden kann. Lenz kannte die meist recht bedrückende Realität der damaligen Landpredigerexistenz aus eigener Anschauung und hatte sie im *Hofmeister* wirklichkeitsnah auf die Bühne gebracht. Er hat ein bewußt idealisiertes Leben in dieser Erzählung entworfen, die ihren Wunschbildcharakter spätestens gegen Ende deutlich genug zu erkennen gibt, wenn das Geschehen mit der glänzenden

Karriere des Sohnes, der als »einer der ersten Köpfe seines Jahrhunderts« sogar in den Freiherrnstand erhoben wird, und in dem Schlußtableau der Gedenkfeierlichkeiten für Johannes und Albertine zunehmend ins Märchenhafte verklärt wird. Subtiler jedoch ist der Hinweis, den Lenz in seinem Spiel mit dem Authentizitätstopos gibt: setzt man datierbare Angaben (vgl. etwa Anm. zu 91,1 und 92,32) in eine chronologische Folge, so erweist sich nämlich, daß das »zu Amsterdam in zwo Bänden in groß 8tvo« gedruckte Buch, auf dem die Erzählung ›basiert‹, erst einige Jahrzehnte nach deren Erscheinen im Jahre 1777 geschrieben wurde. Lenz hatte offenbar im Leben Johann Georg Schlossers, bei dem er nach seiner Verbannung aus Weimar Aufnahme gefunden hatte, das Modell einer sowohl im öffentlichen Wirken wie im Kreise der Familie erfüllten und gelungenen Existenz erblickt, das er – so sein Erzähler an einer Stelle, die den Authentizitätstopos durchbricht – »für alle möglichen Klassen von Menschen vermannigfaltigen« wollte und schon in der Erzählung selbst in die Zukunft der kommenden Generation verlängerte. Die große Kluft zwischen diesem Traum eines geglückten Lebens und den Bedingungen der Wirklichkeit wird aber mehr noch als durch solche Verfremdungselemente in Lenzens eigener Existenz erkennbar. Die unglücklichen Umstände seines Lebens reflektieren wie kaum ein anderes die Widersprüche seiner Zeit, die er hier »auf den Flügeln der Dichtkunst« in dem engen Zirkel eines bürgerlich-moralischen Dorf- und Familienidylls mit ironisch gebrochenem Zukunftsoptimismus eskapistisch überwindet, an denen seine wirklichen Hoffnungen und Ambitionen aber fast alle jämmerlich zerbrachen.

Wenngleich Lenzens Erzählungen kein seinen Dramen vergleichbarer Rang zukommt, gehören sie dennoch zu den hervorragenden Beispielen der Kurzprosa des ausgehenden 18. Jahrhunderts. Überblickt man das Jahrhundert, so war es in der deutschsprachigen Literatur keine große Zeit der Prosaerzählung, sondern eine Epoche, die ihre bedeutendsten

Leistungen im Drama und in der Lyrik hervorbrachte. Erst in den siebziger Jahren, als sich die ›moralische‹ Erzählung und das ihr nah verwandte ›Charaktergemälde‹ von den französischen und englischen Mustern lösten, gewann auch die deutschsprachige Erzählung zunehmend eigene Konturen und bereitete der Novellistik der Klassik und des 19. Jahrhunderts den Boden. Zu diesem Transformationsprozeß trug neben Lenz eine Reihe von Autoren mit auch heute noch lesenswerten Erzählungen bei, etwa Johann Jakob Engels *Tobias Witt* (1775), Wielands *Bonifaz Schleichers Jugendgeschichte* (1776), Johann Karl Wezels *Peter Marks. Eine Ehestandsgeschichte* (1776), Johann Heinrich Mercks *Geschichte des Herrn Oheims* (1778) oder *Die Reise nach dem Deister* (1778) von Helfrich Peter Sturz, um nur einige markante Erzähler und Texte zu nennen.

Während diese Erzähler aber in ihren ›Charaktergemälden‹ fast durchweg noch typenhaft gesehene Verhaltensweisen thematisierten, geht Lenz von einer Problematik aus, die ihn selbst intensivst beschäftigte. Sowohl in *Zerbin* wie in *Der Waldbruder* und *Der Landprediger* dreht sich das Geschehen um die Lebenssituation eines jungen Mannes, seine Möglichkeiten, Hoffnungen und Gefährdungen; erst mit dem *Landprediger* geht Lenz auch über diese Lebensstufe hinaus. Lenz benutzt seine Erzählungen aber weniger, um eigene Erfahrungen literarisch zu bewaltigen, wie es Goethe mit dem *Werther* tat; er legte sie eher als psychologische Planspiele an, in denen er das Geschehen und die Anlage der Charaktere in der eigenen Lebensproblematik verankerte, um das schicksalhafte Zusammenspiel von innerer Disposition und äußeren Umständen zu untersuchen. Und es ist diese Nähe der Charaktere zu ihrem Autor, die Zerbin, Herz und Mannheim ihre psychologische Kohärenz und Authentizität verleiht, worauf es ihm bei den Nebenfiguren viel weniger ankam. Hier scheut sich auch Lenz nicht, auf das traditionelle Repertoire der Charakterstereotypen zurückzugreifen und in ihnen nur wenig mehr als die Repräsentanten einer Tugend oder eines

Lasters zu gestalten. Am augenfälligsten ist dies bei den Frauenfiguren, die alle, wie man heute sagen würde, mehr oder weniger plakative ›Männerphantasien‹ darstellen, entweder idealisiert wie Marie, Stella und Albertine oder unsympathisch gezeichnet wie Renatchen, Hortensie und Luzilla. Mit den übrigen Nebenfiguren dienen auch sie als positiver oder negativer Kontrast primär der Charaktergestaltung der Hauptfigur.

Die thematische Einschränkung wird freilich dadurch aufgebrochen, daß Lenz in diese Erzählungen eine Reihe von aktuellen moralkritischen Themen mit einbezieht, die gerade von den jungen Autoren des Sturm und Drang immer wieder angesprochen wurden: Vater-Sohn-Konflikte erscheinen in allen drei Erzählungen, ebenso der Gegensatz von verdorbener Stadt- und sittlicher Landbevölkerung. *Zerbin* kulminiert in der Darstellung der Not einer unehelichen Mutter, und in den Chor der Kritiker der verwerflichen Lesesucht, besonders unter den Frauen, stimmte auch Lenz ein.

Es ist wohl diese durchaus zeittypische Fixierung auf Moral und Sittenverbesserung, die heutigen Lesern den Zugang zu diesen Erzählungen am meisten erschwert. Daß der Moralist Lenz dabei gelegentlich dem Erzähler Abbruch tat, empfand auch schon mancher zeitgenössische Kritiker. Niemand würde heute Gottfried August Bürger widersprechen, der *Zerbin* als »oft gar zu räsonnierend und deklamatorisch« (an Boie, 31. März 1776) empfand. Lenzens oft emphatischer Stil liegt uns nicht mehr. Andererseits ist aber auch zu sehen, wenn wir auf die damalige Erzählprosa blikken, daß Boie Lenz nicht nur schmeichelte, wenn er die gleiche Erzählung als »vortreflicher, als ich noch Eine in unsrer Sprache kenne«, pries (an Lenz, 10. Januar 1776). Lenz erweiterte nicht allein die Form und die etablierten narrativen Konventionen des ›Charaktergemäldes‹, er erreichte in seiner Prosa auch eine erstaunliche Flexibilität. Seine Fähigkeit, Erzählweisen und -tempo zu variieren und in filmschnittartigem Wechsel von berichtenden Passagen zu reflexiven Einschüben oder lebhaften szenischen Schilderungen überzugehen, geben den Erzählungen einen eigenen Erzählrhythmus. Nur wenigen Erzählern gelingt es, mit so wenigen genauen Details Situationspsychogramme von solcher Eindringlichkeit und Ausdruckskraft zu schaffen wie die Kerkerszene in *Zerbin*, die Maskenballbeschreibung in *Der Waldbruder* oder die Darstellung der Wiederbegegnung mit der Jugendgeliebten in *Der Landprediger*. In solchen Episoden verrät sich der szenensichere Dramatiker, wird auch in den Erzählungen Lenzens außerordentliche kreative Originalität evident und läßt sich ahnen, was dieser geniale Autor vielleicht hätte schaffen können, wäre ihm in seinem zu kurzen und tragischen Leben vergönnt gewesen, was ihm für eine schriftstellerische Existenz so unabdingbar war, woran es ihm jedoch immer mangelte: »Meine Gemählde sind alle noch ohne Styl, sehr wild und nachlässig aufeinander gekleckt [. . .] Mir fehlt zum Dichter Musse und warme Luft und Glückseligkeit des Herzens, das bei mir tief auf den kalten Nesseln meines Schicksals halb im Schlamm versunken liegt und sich nur mit Verzweiflung emporarbeiten kann« (an Merck, 14. März 1776). Im Gelungenen wie Mißlungenen und mehr noch in dem vielen, was Fragment blieb, dokumentieren sich die Enge und der Druck, unter denen das gesamte Werk von Lenz entstand.

Inhalt

J. M. R. Lenz

IN RECLAMS UNIVERSAL-BIBLIOTHEK

Anmerkungen übers Theater. Shakespeare-Arbeiten und Shakespeare-Übersetungen. Herausgegeben von Hans-Günther Schwarz. 142 S. UB 9815

Erzählungen. Terbin. Der Waldbruder. Der Landprediger. Herausgegeben von Friedrich Voit. 167 S. UB 8468

Der Hofmeister oder Vorteile der Privaterziehung. Eine Komödie. Anmerkungen von Freidrich Voit. Nachwort von Karl S. Guthke. 104 S. UB 1376 – dazu *Erläuterungen und Dokumente.* Von Friedrich Voit. 191 S. UB 8177

Die Soldaten. Eine Komödie. Anmerkungen von Friedrich Voit. Nachwort von Manfred Windfuhr. 88 S. UB 5899 – dazu *Erläuterungen und Dokumente.* Von Wolfgang Ranke. 119 S. UB 16027.

Werke. Herausgegeben von Friedrich Voit. 604 S. UB 8755

Philipp Reclam jun. Stuttgart